UNE FILLE DANS LA JUNGLE

Delphine Coulin est romancière et réalisatrice de films. Ses six livres, parmi lesquels *Les Traces, Samba pour la France* (Prix Landerneau) et *Voir du Pays* (Révélation de l'année pour le magazine *Lire*, prix du roman Version Femina et Prix Claude Chabrol), ont tous reçu un succès critique et public. Deux de ses romans ont été adaptés au cinéma : *Voir du Pays*, co-réalisé avec sa sœur Muriel, a reçu le prix du meilleur scénario du festival de Cannes 2016 dans la catégorie Un Certain Regard, et *Samba pour la France* a été réalisé par E. Toledano et O. Nakache (*Samba*, avec Omar Sy). Ses livres sont traduits dans une dizaine de langues.

Paru au Livre de Poche :

VOIR DU PAYS

DELPHINE COULIN

Une fille
dans la jungle

ROMAN

GRASSET

© Éditions Grasset & Fasquelle, 2017.
ISBN : 978-2-253-07442-7 – 1re publication LGF

Elle s'était réveillée la première, la faim au ventre. Les autres dormaient encore dans la tente bleue, roulés en boule pour se tenir chaud, une portée de chiots sans mère. Emmitouflée dans sa couverture qui lui donnait des allures d'épouvantail et laissait passer le vent venu d'Angleterre, la fille regardait la ville éteinte et ses rares lumières permanentes.

Elle guettait, cela faisait des mois qu'elle guettait, des mois qu'elle veillait. Elle était sortie dans l'allée désertée, en prenant garde malgré tout de ne pas se faire voir. Sa silhouette ressemblait à celle d'un garçon depuis qu'elle s'était coupé les cheveux au couteau. Son nez coulait, elle l'a essuyé sur sa veste, indifférente à la trace qui s'y est collée. L'air avait une odeur d'haleine salée, la mer faisait sentir sa présence jusqu'ici. De l'autre côté, au loin, à l'opposé des containers, elle a vu les caravanes alignées qu'on allait bientôt détruire. On entendait encore des cris, parfois des appels, des bruits de moteur, mais le plus souvent, c'était le silence de la nuit finissante qui dominait.

Un pigeon crasseux semblait jouer à la marelle. Quand elle s'en est approchée, elle s'est aperçue qu'il lui manquait une patte. À la place, un petit moignon rose vif l'empêcherait toujours de voler. Elle l'a pris dans ses doigts raidis par le froid : mouillé de pluie, il a cherché à se débattre, mais elle a serré plus fort, il ne pouvait pas s'enfuir et il a fini par se laisser faire tandis qu'elle soufflait sur ses plumes engluées. Il y prenait goût : ses yeux se sont à moitié fermés. La nuit était claire, humide et froide. La fille avait un visage pur, fin. Ses lèvres pleines de jeunesse, à peine gênées par les gerçures, réchauffaient l'oiseau déplumé, tellement sale que seule sa patte amputée semblait avoir échappé à la boue. Elle l'a caressé du bout de son doigt. On aurait dit un rat avec des ailes.

Chaque lueur qui vacillait au loin était une fête possible, une maison où d'autres enfants dormaient, un restaurant où on préparait les repas pour la journée. Elle imaginait l'énergie de cette ville qui ne serait jamais la sienne alors qu'elle y vivait depuis neuf mois. Les quelques habitants à qui elle avait pu parler l'avaient tous regardée avec une sorte de méfiance. Quand il n'y avait pas de grillage, il y avait des barrières, visibles ou non, entre elle et les gens, alors qu'ici, dans la jungle, elle avait ses repères. Même si les allées étaient vides depuis quelques heures.

Il aurait été plus facile de suivre les ordres et de partir. Elle serait assise sur le fauteuil rouge d'un bus chauffé qui roulerait vers un centre d'accueil, ou peut-être même déjà dans une chambre aménagée pour elle, n'ayant plus rien à faire sinon attendre qu'on décide à sa place de l'endroit où elle finirait de grandir. Elle aurait peut-être dû les abandonner et laisser Elira se débrouiller, mais elle préférait décider seule de sa vie. Et que serait devenue Elira sans elle ? Ils s'étaient méfiés de la proposition bizarre qu'on leur avait faite : quitter la jungle, en attendant qu'on choisisse pour eux. Elle ne se fiait plus qu'à leur bande. Elle a remonté le col de sa vieille parka, renoué son écharpe autour de son cou pour ne laisser aucun centimètre en proie au froid.

Hier, les bus avaient emmené les derniers habitants, tous ceux qui avaient accepté les bracelets verts et roses. Eux, ils avaient préféré se cacher dans une des tentes restées debout, qui sentait le plastique brûlé et se soulevait sous les coups de vent. Ils étaient revenus hier soir, parce que ici, c'était chez eux, mais maintenant que c'était vide elle ne savait plus s'ils avaient bien fait. Il était désormais impossible de revenir en arrière. Repasser par le Kurde ?

Plutôt crever. Elle avait choisi de continuer à aller de l'avant, mais avec ses propres moyens. Fuck the police. Fuck le Kurde. Fuck les bus. Elle préférait vivre en mangeant dans les poubelles. Mendier. La veille elle avait trouvé des oranges encore dures dans une cabane dénudée. Ils pourraient s'en sortir, en s'aidant les uns les autres, mais ils pouvaient tout aussi bien mourir ici, sans que personne le sache.

Les gens des associations lui avaient dit que plus de dix mille enfants migrants avaient disparu en Europe ces deux dernières années. Des milliers d'enfants comme elle, évaporés. Personne ne savait où ils étaient. Personne ne les réclamerait. Leurs familles penseraient à jamais qu'ils étaient des ingrats qui avaient oublié d'où ils venaient. Parfois on retrouvait leurs corps sur l'autoroute, poussés sur le bas-côté, et si on connaissait leurs noms ils avaient une plaque en bois sur leur tombe, mais sinon leur tombe restait muette. Parfois, on ne savait même pas ce qu'ils étaient devenus, ils s'étaient évanouis dans la nature sans laisser aucune trace. Maintenant qu'ils étaient seuls dans la jungle, elle aussi pouvait être rayée de la carte sans qu'on s'en aperçoive. Les seuls à la regretter seraient ceux de sa bande.

Hawa a doucement poussé le pigeon, il est revenu vers elle, elle l'a poussé à nouveau et on aurait dit qu'il jouait, à moins qu'il n'ait voulu qu'elle le pro-tège, ou qu'elle continue à le sécher. Elle l'a poussé encore, plus fort, et il a trébuché, le bec dans la boue. Ils s'observaient tous les deux de leurs yeux ronds et noirs.

Elle n'avait plus rien, mais elle croyait au groupe. Ils s'étaient juré de rester ensemble quoi qu'il arrive. Il fallait juste qu'ils trouvent une solution pour s'en aller de là.

Elle est revenue dans la tente aux odeurs d'étable, de litière. Les autres commençaient à bouger, encore enchevêtrés dans leur tas de couvertures humides, ils avaient les cheveux dépeignés et trop longs, et leurs vêtements étaient sales, ils puaient encore plus le matin que le soir. Elira s'étirait, une main lui a tendu une clope, elle l'a allumée direct, au réveil. La fumée qui s'échappait de sa bouche ressemblait au brouillard qui traînait dans le ciel, des signaux de fumée d'Indiens envoyés au monde au-dehors. Elira a laissé la cigarette à Hawa et elle a allumé un mégot qu'elle avait gardé dans sa poche. La cicatrice sous son œil lui donnait un air espiègle malgré ses pupilles éteintes. Les ongles de sa main gauche avaient des restes de vernis rouge, ceux de la main droite étaient nus. Elle a replié ses longues jambes sous elle, par réflexe, pour les cacher.

Les garçons se sont secoués, bruyants dès qu'ils ont été debout. Ils se bousculaient, doucement, rudement, sournoisement. Ils se crachaient dessus, s'insultaient, se donnaient des coups de pied avant de s'attraper par le cou et de se bousculer encore. Un langage.

Milad était le seul qui restait assis dans son sac de couchage. Il a tendu la main pour toucher son frère qui dormait encore, puis il a regardé Hawa avec attention, une lueur sauvage et incendiaire dans l'œil. Elle a fait semblant de ne pas sentir ses yeux sur elle, elle a juste vaguement souri en mettant un pull supplémentaire, avant de tourner la tête vers lui. Ils ont échangé un regard. Ici, elle avait appris à ne pas baisser les yeux. C'est lui qui les a détournés en premier.

Ali mangeait déjà. C'était un écureuil, il avait toujours de la nourriture dans ses poches, caramels fondus, amandes en vrac, viande séchée, pomme ratatinée. Là, il était en train de rucher un bout de pâte rouge. On aurait dit le moignon du pigeon, mais c'était peut-être un bout de tomate avec du pain qu'il avait gardé du repas d'hier – ou un bonbon qu'il avait réussi à avoir quelque part, ou peut-être même une patte de poulet, on ne savait jamais comment il se débrouillait pour trouver tout ça. Le petit gros a épousseté les miettes sur son ventre mou. On voyait la patte de poulet crue entre ses doigts potelés. Le ventre d'Hawa s'est mis à gargouiller. Elle a passé la main sur son estomac, devenu animal à apprivoiser. Ali l'a regardée, et lui a tendu quelque chose, de la pâte d'amandes, ou un loukoum, rouge lui aussi, Hawa s'en est saisie et l'a avalé. Sa salive lui a fait mal en enrobant le petit bout de sucre.

Milad a enfilé sa veste de cuir qui lui donnait des airs de mauvais garçon, attrapé sa canne, donné un coup de tête qui dégageait sa mèche de ses yeux et il a dit de sa voix chaude, douce aux oreilles d'Hawa, que la jungle était à eux, maintenant.

Rien qu'à eux.

Ils sont sortis de leur trou, agiles comme des chats le long des tentes en plastique et en bois bricolé qui subsistaient dans le camp. Le bas de son pantalon a recommencé à se mouiller de boue, qui salissait tout, les chaussures, les vêtements, les mains, et s'incrustait partout, ils ne s'en débarrassaient jamais complètement. Une boue lourde, poisseuse, qui avalait les pas. Elle a perçu des aboiements et des ronronnements de moteurs. Le soleil d'hiver était levé, l'allée gelée luisait sous sa lumière blafarde. Les vagues au loin tapaient la plage à coups redoublés.

Ils étaient six : deux grands, deux petits, deux filles. Une troupe en guenilles qui marchait presque en rythme. Le frère de Milad, Jawad, trottait pour rester à la hauteur des autres, habitué à sauter avec ses bottes sur les palettes de bois qui permettaient de ne pas s'enfoncer dans la boue, et il a fini par saisir la main de son frère.

Il avait de moins en moins de souvenirs de leur famille. Milad disait que c'était mieux comme ça.

Ali, lui, était toujours le dernier parce qu'il était le plus lent. Dès qu'il faisait trois pas, il respirait fort. Son ventre le faisait ressembler à un minuscule génie, et semblait le gêner pour marcher – un sac à dos porté devant. Une bâche a claqué derrière eux et s'est envolée dans le vent, Ali a sursauté et émis un léger cri, les autres ont ricané.

Ibrahim suivait Milad, en permanence. Il était encore plus grand que Milad, et plus costaud, la peau de son visage était toute vérolée de vieilles cicatrices d'acné, on aurait dit un garde du corps, l'humour en plus. Ibrahim parlait peu, souriait peu, mais il faisait rire les autres – dès qu'il ouvrait la bouche, même quand il ne voulait pas spécialement être drôle, ils se mettaient à rire.

Cela ressemblait moins que jamais à une jungle, ou alors une jungle froide, de bois et de boue, avec des animaux crottés, et des monstres de métal au loin, sous le crachin. Pas le genre qui fait rêver, avec les perroquets et les feuilles vertes et grasses, où on transpire dans une odeur d'humus. Une jungle du pauvre. Ici, il n'y avait pas un arbre, pas une feuille, pas de chaleur. Rien n'avait de couleur. C'était gris.

Ça puait la fumée et les ordures. Et aujourd'hui, c'était silencieux. Cette jungle qui avait été un chaos où des milliers de personnes vivaient, mangeaient, parlaient, se battaient, était devenue un désert, où ils étaient seuls, tous les six.

Des policiers étaient forcément quelque part, pour vérifier que tout le monde était bien parti. S'ils les trouvaient, ceux qui seraient jugés majeurs seraient emmenés directement en centre de rétention, un endroit où on enfermait les gens mais où on prétendait qu'ils étaient libres, puisqu'ils n'avaient rien fait de mal. Au début elle avait du mal à comprendre, maintenant elle croyait ce qu'on lui avait raconté. On disait qu'il y avait des grilles tout autour, et des toboggans pour les enfants.

Milad l'a rattrapée. Il s'appuyait toujours sur sa canne, pour s'aider à marcher dans la boue, et bizarrement cela lui donnait une élégance que les autres n'avaient pas. Leurs bottes faisaient un bruit de succion dans la glaise, leurs pieds auraient pu être aspirés par les flaques d'eau. Ils déambulaient en tête du groupe, côte à côte. Elle a redressé son buste maigre. Elle avait perdu beaucoup de poids ces derniers mois, ses bras et ses jambes étaient devenus des bâtons. Elle avait faim, tout le temps. Sa peau était sèche, rêche. Elle manquait d'eau. Ça la grattait entre les doigts de main et les doigts de pied. C'était grâce à Milad qu'ils étaient là, seuls au milieu des décombres. Il lui a dit que désormais, plus aucun adulte ne leur dirait ce qu'ils devaient faire. Elle a hoché la tête en regardant droit devant elle. Rien n'aurait pu la faire douter en cet instant.

Le pigeon les a sentis venir et il a cherché, sur une patte, à s'abriter quelque part dans un trou. Ibrahim a lancé son pied en avant d'un coup, et il a shooté dans le pigeon, qui a volé plus loin comme un ballon de foot, Elira a ri nerveusement, avant de prendre de l'élan pour frapper bien fort elle aussi dans la tête du pigeon, qui a poussé un drôle de cri, Ali s'y est mis alors, sauvagement, et la bestiole n'a plus rien dit, on aurait dit un chiffon gris et rouge avec des plumes pleines de boue, et un bec qui pendait. Milad a gueulé qu'il ne fallait pas trop l'abîmer quand même, ils pourraient peut-être le bouffer. Son petit frère a ramassé l'oiseau en bouillie qui sentait la viande, et l'a mis dans son sac. Hawa a regardé Milad, il lui a dit que de toute façon, un oiseau qui ne pouvait même pas voler, ça ne servait à rien. Ce n'était même plus un oiseau.

Hawa

Lorsqu'elle repensait à l'Éthiopie, Hawa se revoyait insouciante et gaie, sûre de sa valeur et de son intelligence, vivant dans un éternel présent où ses parents seraient toujours bons avec elle, une toute jeune fille pleine de confiance et de vitalité. Les autres enfants de l'école se plaignaient parfois d'avoir été battus ou grondés, les filles ne pouvaient pas toujours faire leurs devoirs ou même venir sur les bancs de la classe parce qu'elles devaient aider leur mère ou leur tante, parfois même les voisines, et c'était toujours plus important que d'apprendre des poésies anglaises ou des tables de multiplication. Mais Hawa était la préférée de son père, qui était fier d'avoir une fille aussi intelligente et courageuse qu'un garçon, la dernière de ses onze enfants, alors il la laissait aller à l'école chaque jour, il la laissait voir ses amies et jouer le samedi à la sortie du village, il la laissait tout faire tandis qu'il restait dans l'arrière-salle de la boutique qu'il avait tenue sa vie durant et qui était désormais gérée par sa dernière femme, la mère d'Hawa. Mais un jour son père était tombé et il n'avait plus jamais marché. Sa mère avait dépensé beaucoup d'argent pour le faire soigner à l'hôpital et pourtant cela n'avait rien fait. Son père était resté là-bas. Et elle avait l'impression que cela s'était décidé très vite, sa mère avait organisé un rendez-vous avec un homme et elle se souvenait que quand elle avait vu cet homme qui avait presque l'âge de son père elle s'était demandé si sa mère avait déjà décidé de se remarier et elle avait eu mal pour son père, mais très vite elle avait compris dans le regard de l'homme que c'était elle, elle et ses bras minces caressés par ce regard, elle et ses chevilles qui auraient pu tenir entre le pouce et l'index de cet homme, elle et ses lèvres jeunes que l'homme regardait comme s'il pouvait déjà les embrasser, que l'homme était venu chercher. Sa mère l'avait promise à un homme de l'âge de son père, sans même faire semblant de lui demander son avis. Quand elle a osé dire, une fois l'homme au regard caressant parti, qu'elle n'était pas d'accord, sa mère s'est mise à crier, quel est le problème avec toi, pourquoi tu n'es pas comme les autres filles, avec tes idées nouvelles, alors Hawa a crié plus fort, cet homme est trop vieux pour moi, et sa mère lui a dit qu'elle était vraiment bête, incapable de comprendre que pour qu'un homme ait assez d'argent pour l'acquérir il fallait qu'il ait travaillé un certain nombre d'années, on ne lui apprenait pas ça à l'école, alors elle a rugi, elle n'était justement pas un animal qu'on pouvait acheter, et sa mère a juste dit tais-toi.

Hawa n'avait réfléchi qu'une nuit. Sa mère avait raison sur un point : elle n'était pas comme les autres, et elle allait faire ce que ne ferait aucune des filles de sa connaissance. Il lui était inconcevable d'enterrer sa vie à peine commencée. Elle voulait grandir libre. Peut-être était-ce sa malédiction. Des garçons de son école étaient partis en Angleterre quelques mois plus tôt et ils étaient déjà arrivés là-bas. Tout le monde savait que c'était la femme de la téléboutique qui les avait aidés à partir. Hawa était prête à se battre. Son père allait mourir, ses frères et ses sœurs étaient plus vieux qu'elle et son instituteur risquait de vouloir venir parler à sa mère pour la convaincre de changer d'avis, ce qui ne servirait à rien.

Le lendemain Hawa n'est pas allée à l'école, pour la première fois de sa vie. La dame de la téléboutique lui a donné les tarifs. Elle n'a rien dit à personne. Elle est revenue chez elle à l'heure habituelle, sans adresser la parole à sa mère, qui a pensé qu'elle faisait sa mauvaise tête après leur dispute mais qu'elle allait vite se calmer. Elle a volé les bijoux que sa mère avait reçus à son mariage, en lui laissant seulement la bague verte qu'elle aimait. Elle a mis quelques habits dans son sac d'école, et elle a attendu le soir, comme le lui avait demandé la dame de la téléboutique.

Elle avait treize ans et personne n'aurait pu lui reprocher de ne pas imaginer tout ce qui allait suivre. La dame de la téléboutique l'avait emmenée à la ville, celle-là même où son père croupissait dans la salle commune de l'hôpital, jusqu'à un taxi collectif entouré de gens assis sur des valises et des ballots à carreaux rouges et blancs. Elle avait été coincée à l'arrière entre deux femmes aux poitrines larges et aux jambes écartées, et elle s'était laissé porter sur la route cahoteuse. La voiture était une 403 à la tôle rapiécée en autant de couleurs. En passant devant l'hôpital, elle avait murmuré le nom de son père, et demandé qu'il lui envoie un signe pour lui dire qu'il l'avait entendue, mais rien ne s'était passé, et elle s'était traitée d'idiote, qui croyait encore à la magie comme une petite fille qu'elle n'était plus depuis la nuit d'avant.

Elle était arrivée très vite au Soudan. C'était la partie la plus facile du voyage, alors que sur le moment elle croyait que ce serait la plus difficile. Un homme l'attendait à l'arrivée. Il l'avait achetée à la dame de la téléboutique. Elle n'avait jamais su combien.

Hawa était devenue petite bonne dans sa famille. Ménage, lessive, repassage, couture, cuisine. Parfois elle s'occupait aussi du bébé. Elle n'avait jamais travaillé autant. Tout ce que lui avait appris sa mère en voulant faire d'elle une parfaite épouse lui servait, et elle la remerciait en silence pour cela. Elle savait préparer de bonnes sauces et de bons ragoûts, lavait le linge blanc jusqu'à ce qu'il soit éclatant au soleil, traquait la poussière comme si c'était un ennemi personnel. Mais elle avait été élevée pour être une bonne mère de famille, pas une servante. Parfois elle se demandait ce qu'elle faisait là, et si cela aurait été pire, finalement, d'être mariée à l'homme aux mains puissantes qui était venu voir sa mère. Son patron au Soudan lui faisait ce que son vieux mari lui aurait fait si elle était restée. Mais elle ne réfléchissait pas souvent, elle dormait quand elle ne travaillait pas.

L'autre petite bonne de la famille, une Érythréenne qui avait fui son pays, voulait elle aussi aller en Angleterre. Elles rêvaient ensemble. Hawa était restée presque un an dans cette maison. Elle avait caché ses billets dans un tube en carton qu'elle avait cousu dans la doublure de son pantalon, et placé deux boîtes de sardines qu'elle avait volées à la cuisine au milieu de ses vêtements. Une nuit où le patron l'avait réveillée pour s'enfoncer en elle, Hawa avait attendu qu'il s'allonge à ses côtés et ne devienne plus qu'une respiration rauque et régulière, elle avait réveillé l'autre petite bonne et elles avaient couru dans la rue jaune.

Elles avaient pris un grand camion pour le désert, perchées sur des barres en fer recouvertes de couvertures, une jambe dans le vide, la tête vers le ciel. La masse des passagers, de leurs bagages et des bidons risquait à chaque instant de faire chavirer tout le chargement ou d'écraser un des passagers. Hawa n'avait pas peur. Rien ne pouvait être aussi dur que le Soudan. Elle regardait les sillons creusés par les centaines de camions avant eux et elle était heureuse d'y tracer sa route.

Elle pensait qu'en Libye ce serait différent, ça avait été pire. Les passeurs l'avaient directement livrée à la police, et elle avait été séparée de la petite Érythréenne. Les policiers avaient immédiatement trouvé la cachette dans la doublure de son pantalon, et ils avaient pris tout l'argent qu'il lui restait, puis ils l'avaient mise dans une pièce avec une vingtaine d'autres Africains, hommes et femmes. Il y avait du sang sur les murs, et elle avait vite compris pourquoi : ils torturaient ceux pour lesquels ils réclamaient des rançons. Ils en choisissaient deux ou trois, les frappaient ou leur envoyaient des décharges électriques sur les pieds ou le sexe, les suspendaient par les bras, et ensuite ils appelaient leurs parents en Érythrée ou en Éthiopie et ils demandaient de l'argent. Beaucoup d'argent, des dizaines de milliers de dollars, que les familles ne pourraient jamais payer totalement. Les femmes étaient moins maltraitées parce qu'il fallait qu'elles restent présentables. Et pour elles, il était rare qu'on demande des rançons. On les vendait, directement.

Des Nigériens qui faisaient du commerce d'Africains entre le Soudan et la Libye ou Israël étaient venus et ils avaient acheté six jeunes, dont Hawa. Un 4 × 4 l'avait emmenée, cette fois, et ils avaient roulé longtemps jusqu'à une très grande villè, comme elle n'en avait jamais vu. Elle avait eu un nouveau patron, dans une grande maison dont elle ne sortait jamais, sous prétexte qu'elle se ferait prendre, sans papiers. Elle ne voyait jamais le soleil et restait enterrée dans cette maison de pierre où tout était dur. Elle ne savait même pas combien de personnes vivaient là, elle ne les voyait pas tous. Elle n'entendait que les voix des enfants, et parfois quelques bruits, au-dehors. Quand elle pensait à cette période elle n'avait aucun souvenir des immeubles ou des rues, seulement de ses mains, qui travaillaient, des aboiements qui lui ordonnaient d'aller vite, et des coups sur son dos.

Une nuit elle avait réussi à s'enfuir à nouveau. Elle avait marché sans s'arrêter dans la ville et elle avait fini par rencontrer une famille éthiopienne qui vivait dans la rue. L'homme lui avait dit qu'ils étaient à Tripoli, en Libye. Elle avait dormi avec eux sous un pont, puis elle leur avait demandé comment aller jusqu'au port, où ils avaient dit qu'il y avait des passeurs qui organisaient des voyages vers l'Europe. Cette fois, c'est elle qui avait proposé de s'allonger quelque part en échange d'une traversée en bateau. Elle avait été fière de l'avoir proposé elle-même, et que l'homme ait accepté tout de suite. Cela lui avait même permis de placer un nouveau petit rouleau de billets dans sa doublure. L'homme grognait dans son oreille en donnant des coups de bassin tandis qu'elle regardait l'obscurité épaisse au-dessus d'eux, et bien que son odeur aigre lui donne la nausée et que son sexe la fasse souffrir, la seule pensée qu'elle était courageuse, qu'elle avait pris en main sa vie toute neuve et qu'elle allait la porter loin l'avait remplie de force, et presque de joie, pour le voyage à venir. Jusque-là elle n'avait jamais rien décidé seule, et c'étaient les adultes qui avaient choisi à sa place, mais elle ne laisserait plus faire cela et tout irait bien. Elle avait pensé au regard grave de son père, qui devenait si fier quand il l'apercevait. Elle a su qu'elle ferait ce qu'elle pourrait pour avoir une belle vie, mais aussi qu'il valait mieux pour lui qu'il meure avant de savoir comment elle y parviendrait. Et c'est une haute et fine jeune femme qui avait rejoint le quai pour le départ. Elle savait qu'elle ferait tout, désormais, pour préserver sa liberté.

Elle n'avait jamais vu la mer, et ne savait pas nager. Elle avait pris un bateau où ils devaient être au moins cent, et comme elle était parmi les enfants elle avait eu le droit de rester dehors, sur le pont. Heureusement, parce que en bas les relents de poisson et d'essence étaient tellement forts que certains s'étaient mis à vomir à peine partis. L'odeur de vomi était alors venue jusqu'à ses narines, et elle avait beau mettre son nez dans sa veste, l'odeur continuait de lui remplir le crâne, elle s'était mise à trembler, à transpirer, elle essayait d'éviter d'y penser mais l'odeur, la pensée de l'odeur, les gémissements des autres lui soulevaient le ventre. Son estomac devenait autonome et il se révoltait contre ce qu'on lui faisait subir, son esprit ne lui commandait plus. Elle s'est mise à vomir, les autres autour d'elle aussi, et tous se faisaient vomir les uns les autres. Pour la première fois elle s'était résignée à puer, elle avait tellement mal qu'elle ne faisait plus attention à rester propre.

Ils étaient si malades que certains n'avaient pas tenu longtemps. Les plus vieux, et les plus jeunes, avaient eu de plus en plus de malaises, jusqu'à ce que certains ne se réveillent pas. Le capitaine avait fait mettre à l'eau ceux qui étaient morts.

Elle n'avait jamais vu un mort non plus.

Et puis une femme avait accouché sur le bateau, et Hawa avait pu voir le bébé.

C'était juste avant d'arriver en Europe, où tout irait bien.

Des pelleteuses jaune et noir creusaient, cassaient, détruisaient les baraques décorées de dessins colorés, les tentes de plastique, les boutiques, les écoles, les salons de coiffure, les restaurants en bois, les plaques de noms de rues, les latrines qui débordaient. Des enfants étaient nés ici, des adultes étaient partis, d'autres y avaient monté un commerce, bâti une église ou une mosquée, mais à présent c'était le chaos total. Les mâchoires de fer tournaient dans le ciel et recrachaient des bouts de planche, de tissu, de tôle ondulée dans des odeurs de fumée et de détritus. Une à une, pièce par pièce, les cabanes étaient démantelées. La déforestation de la jungle avançait. Des silhouettes rouges, avec casques blancs contre le vacarme et masques contre la poussière qui grattait les gorges et les produits toxiques aux vapeurs âcres, récupéraient des débris et allaient les décharger dans des camions-bennes. Les ordures brûlaient, un tas après l'autre. D'autres silhouettes, noires, barraient le chemin, et progressaient au rythme des rouges en avançant mètre après mètre, poussant un cordon qui devenait frontière entre le propre et le sale. Une baraque était en feu, des pompiers cherchaient à l'éteindre, d'autres rassemblaient les bonbonnes de gaz trouvées dans le camp, pour les mettre à l'abri et éviter l'explosion.

Hawa était là depuis neuf mois, Elira, depuis presque un an. Les quatre garçons, tous afghans, étaient eux aussi arrivés dans la jungle au début de l'année. Ils vivaient au milieu de six mille hommes et femmes venus d'Albanie, d'Éthiopie, d'Érythrée, d'Afghanistan, d'Égypte, d'Iran, du Koweït, de Syrie, du Viêtnam, dans ce qui était devenu une ville. Aller d'un bout à l'autre du camp revenait à faire le tour du monde. Un voyage au bout de la crasse, dans le plus grand bidonville d'Europe.

Quelques jours avant la destruction, alors que le froid s'installait, on avait commencé à dire que la jungle allait être rasée et qu'on les emmènerait dans des camps, partout en France. Au début ce n'étaient que des bruits, des rumeurs, on ne savait pas s'il fallait les prendre au sérieux. Hawa avait haï cet endroit, mais elle avait du mal à imaginer ce qui allait arriver, et Elira avait peur. Elles écoutaient les conversations autour d'elles.

Hawa en avait discuté pendant des heures avec Milad et la bande. C'était la première fois qu'ils parlaient vraiment, d'habitude ils se déchiraient les habits, se battaient, se mordaient, se foutaient de la gueule les uns des autres, cherchaient à se faire honte, mais ils ne se parlaient pas vraiment, sauf pour se donner des plans sur les camions ou des tuyaux pour rentrer dans le tunnel maintenant que tout avait été grillagé.

Certains disaient qu'il fallait plus que jamais essayer de monter dans un camion pour l'Angleterre, après on ne savait pas ce qui allait se passer. La pression était maximale. Toute la journée, ils étaient comme des prisonniers qui cherchent à scier les barreaux de leur cellule ou à creuser un souterrain : ils regardaient le mur qu'on construisait le long de l'autoroute pour y trouver une faille, ils bloquaient les camions pour tenter de s'y coincer sous les essieux, ils guettaient le moindre embouteillage à l'entrée du port des ferries ou du tunnel en espérant pouvoir se glisser entre deux caisses de marchandises.

Ali hésitait à suivre l'avis de certains adultes, Afghans eux aussi, qui lui disaient qu'en tant que mineur, il serait placé dans un centre d'accueil en attendant qu'on retrouve son cousin en Angleterre, et quand on le localiserait, il serait envoyé directement là-bas, en première classe, avait craché Milad pour lui montrer à quel point il se faisait berner.

Le problème, c'était que personne ne savait où était ce cousin, même pas Ali, qui ne lui avait pas parlé depuis plus d'un an. Il n'en pouvait plus de la jungle, de la saleté, de la boue, mais Milad disait que c'était trop beau pour être vrai et que jamais la France et l'Angleterre n'allaient faire ce qu'on leur promettait. Pourquoi ne l'auraient-ils pas fait avant, alors, si c'était si simple ? Aucun d'entre eux ne trouvait quoi répondre. Peut-être que c'était une ruse, pour les disperser et pouvoir mieux les expulser de France. Ali ne savait pas s'il devait l'écouter. Le nombre de places était limité, Milad essayait peut-être de le convaincre de refuser l'offre pour que son frère et lui aient plus de chances de pouvoir l'accepter.

Elira avait peur. Elle savait qu'on ne trouverait personne de sa connaissance en Angleterre et qu'elle resterait dans un centre jusqu'à ce qu'on décide de la renvoyer en Albanie. Qu'elle y retourne ou pas, dès qu'elle serait au-dehors elle serait obligée de se vendre, sur un matelas pourri, pour quelques euros par jour. Elle l'avait fait avant la jungle, avant le groupe, elle savait comment ça se passait. Elle n'avait plus personne à appeler, ni en Angleterre ni en Albanie. Nulle part. Alors elle s'accrochait au camp et à Hawa, tant que ça durerait elle était tranquille. Tout ce qu'elle craignait, c'était qu'Hawa accepte la proposition : comme elles étaient de nationalité différente, et qu'Hawa faisait beaucoup plus jeune qu'elle avec son petit corps et ses bâtons à la place des jambes, elles seraient séparées à coup sûr. Elles n'avaient plus du tout d'argent, mais elles se débrouillaient : pour quelques euros, elles faisaient la corvée d'eau, la queue à la douche pour une famille, ou le ménage d'une baraque, et parvenaient à vivre entre deux tentatives pour gagner l'Angleterre.

Milad avait été jugé majeur même s'il disait qu'il n'avait que seize ans et demi. Personne ne saurait jamais son âge véritable, même pas Hawa. Mais les médecins avaient regardé ses dents, comme un esclave, ils avaient fait une radio de son poignet, ils avaient même touché ses couilles et ils avaient dit qu'il avait plus de dix-huit ans. Il n'avait plus qu'à faire une demande d'asile qu'il n'aurait jamais. S'il était parvenu à passer en Angleterre plus tôt, son petit frère aurait pu le rejoindre légalement au cours de l'évacuation de la jungle, et tout aurait été réglé. Mais malgré des dizaines de tentatives, il n'avait jamais réussi à passer de l'autre côté, et maintenant ils étaient bloqués tous les deux. Jawad, qui n'avait que dix ans, avait normalement le droit d'aller en Angleterre, mais il aurait fallu qu'ils puissent prouver qu'ils étaient là depuis plus de six mois pour que son passage soit automatique. Il en avait marre qu'on le prenne pour un menteur. Il en avait marre qu'on lui mente. Marre qu'on se foute de sa gueule. Et puis son sort était trop incertain, et tout ce qu'il souhaitait, c'était ne pas être séparé de son frère. Alors ils prenaient le risque. Ils s'en tireraient tout seuls. Hawa était tentée de faire pareil, sans vraiment savoir pourquoi.

Ibrahim, lui, suivait Milad. Il le croyait plus intelligent qu'eux tous. Milad était aussi pour lui, même s'il ne le disait pas de cette manière, une sorte de chance personnifiée, et comme Ibrahim était superstitieux, il s'efforçait de lui plaire à tout moment, il croyait aux esprits malins et aux forces amicales, et on n'était jamais trop prudent – surtout quand on était un, parmi des milliers, à vouloir traverser la mer de Calais. Ibrahim avait demandé combien de temps cela allait prendre pour qu'on les emmène en Angleterre après l'évacuation, et on lui avait répondu de huit à onze mois avant d'avoir une réponse, qui ne serait pas obligatoirement positive. Onze mois, quand on a seize ans, c'est très long, et Ibrahim n'était pas du genre à attendre. En une nuit, s'il trouvait le bon camion, il serait en Angleterre.

Milad disait qu'avec un peu de chance, ils y seraient dès le lendemain. Les autres regardaient alors vers le son des vagues, qu'on entendait au loin, ou vers l'autoroute qui longeait le camp. Les dizaines de camions qui filaient tout près d'eux en ralentissant à peine étaient autant d'espoirs bruyants de passer de l'autre côté.

C'était devenu officiel : la fille de l'association avait expliqué que deux jours plus tard, la jungle allait être détruite, et que les mineurs iraient en Angleterre. Ils seraient d'abord emmenés en bus dans des centres d'accueil, le soir ils dormiraient au chaud, dans de vrais lits, et quelque temps plus tard ils se retrouveraient à Londres, avec l'espoir que leur vie change dès le lendemain. Cela semblait trop facile, tout à coup. Elira s'était tortillée sur sa chaise, ses yeux clairs tournés vers la fille de l'association. Hawa avait regardé Milad, indécise : elle avait envie de chaleur, de confort, de lumière à l'intérieur d'une maison, elle aurait voulu oublier la pluie, la boue, le froid, les douleurs dans son dos qui n'avaient pas disparu depuis la Libye, l'inflammation à sa cuisse qui la réveillait parfois la nuit, les vêtements mouillés qui la faisaient grelotter, ses articulations qui craquaient comme si elle était vieille. Dans le local de l'association, il y avait un miroir, et Hawa s'était vue pour la première fois depuis longtemps, elle avait eu un rire nerveux tellement elle avait eu du mal à se reconnaître, avec sa peau tirée sur ses pommettes, ses traits creusés, ses épaules maigres. Elle avait des taches au visage, des yeux plus grands qu'avant et une drôle d'allure. Elle a levé discrètement ses bras de chauve-souris pour renifler ses aisselles. Elle sentait. Mais elle avait peur de ce qui se passerait si elle acceptait. Elle serait probablement séparée d'Elira, de Milad, des garçons, elle irait dans une ville inconnue, loin de l'Angleterre, et son sort ne serait pas garanti pour autant, elle pourrait même être expulsée, sans défense. Elle savait ce qu'elle quittait, mais elle n'avait aucune idée de ce qu'on lui proposait en échange.

Elira avait le regard vague, comme souvent, mais elle observait les autres, l'air de rien. Même recroquevillée sur un siège, en haillons, l'air perdu, elle était belle. Ali fourrait des tranches de pain dans ses poches. Personne ne faisait attention à lui, il en profitait pour faire des réserves en jetant des petits coups d'œil de temps en temps pour être sûr qu'on n'allait pas l'engueuler. Un rat, plutôt qu'un écureuil.

Jawad, et ses yeux de chien battu. Ibrahim, un vautour. Elira, une hirondelle. Et Milad, un cheval, mais un cheval mal soigné. Un cheval au dos creusé et aux genoux cagneux, qui galoperait quand même, par réflexe ou par habitude.

Elle, elle était un chat des rues qui restait tapi dans l'ombre pour sauver sa peau.

La fille de l'association avait dit que leurs hésitations étaient dangereuses, parce que s'ils refusaient l'évacuation, ils seraient placés en centre de rétention, avec le risque d'être expulsés, renvoyés en Afghanistan, en Albanie, en Éthiopie, cette fois en quelques heures.

Milad avait rétorqué que cela n'arriverait pas s'ils gagnaient l'Angleterre avant de se faire prendre. La fille avait insisté : s'ils se faisaient intercepter au passage, ils se feraient renvoyer dans le premier pays d'Europe où leurs noms avaient été enregistrés. Est-ce que leurs empreintes digitales avaient été prises quelque part avant leur arrivée en France ?

Milad avait acquiescé, laissant retomber sa mèche sur ses yeux. Chacun d'entre eux s'était fait enregistrer dans un autre pays que la France au moins une fois, et pouvait y être renvoyé du jour au lendemain. En Bulgarie, Milad et Jawad avaient été battus et jetés derrière le mur de la frontière. En Italie, Hawa avait été fichée à la sortie du bateau qui avait fait naufrage. Elle ne connaissait personne en Italie. En Grèce, Ibrahim avait été enfermé pendant deux mois dans un hôpital psychiatrique parce qu'il n'y avait plus de place dans les centres pour mineurs et que les camps de réfugiés étaient jugés trop dangereux pour eux. Alors, pour montrer qu'il n'était plus d'humeur à discuter poliment avec la fille de l'association, il avait remis son blouson et il était parti jouer au foot avec d'autres Afghans au-dehors. Les autres pouvaient le voir par la fenêtre. Il était goal entre deux bouteilles en plastique qui faisaient

office de but, hurlait à chaque passe, et Elira sursau-
tait à chaque fois, clignait les yeux. Ibrahim lui faisait peur. Il traînait, il restait planté là à ricaner, il se
battait pour un rien. Hawa la rassurait, avec la voix
qu'on prend avec un animal domestique effrayé : tout le monde en avait, des pensées qui mettaient le
cerveau en surchauffe, Ibrahim arrivait juste moins
bien que les autres à se dominer.

   La fille de l'association avait soupiré. Elle leur
avait demandé pourquoi ils voulaient absolu-
ment aller en Angleterre. En France, on est bien
aussi, elle a dit. Milad lui a montré le bidonville
en lui répondant que ça, ce n'était pas l'Europe.
L'Angleterre, les Pays-Bas, la Norvège étaient plus
beaux, plus propres que ça. Là-bas, on les traiterait
mieux. On disait qu'en Angleterre, on pouvait vivre
des dizaines d'années sans avoir affaire à la police :
tant qu'on ne faisait rien de mal, ils n'avaient pas le
droit de vous contrôler – ce qui semblait logique,
mais ce n'était le cas ni en Afghanistan, ni en Iran,
ni en Turquie, ni à Calais.
   Et puis ils parlaient tous anglais. Même entre
eux, ils parlaient anglais. Alors ce serait plus facile
pour eux de trouver du travail. Milad a eu un
regard vers son frère. Ou d'aller à l'école.
   Là-bas, ils pourraient trouver un emploi, même
à temps partiel, et parfois deux ou trois emplois,
parce que les lois étaient moins contraignantes et

que les employeurs aimaient les migrants, là-bas, ils ne seraient pas sur leurs gardes en permanence, là-bas, il pourrait peut-être étudier la médecine, là-bas, ils pourraient vivre libres, être heureux, tomber amoureux, manger des glaces, des chewing-gums, du ketchup, là-bas, tout serait possible. Ici rien ne l'était.

Les habitants des baraques s'agitaient dans tous les sens. La jungle avait déjà été démantelée à deux ou trois reprises et s'était reconstruite ailleurs, toujours plus grande, mais cette fois, on disait que le camp serait brûlé et les gens déportés, alors ils n'avaient pas le choix. Une fois la jungle démolie, ce qui était prévu dans quelques jours, ils n'auraient pas le droit d'y revenir. Ils s'organisaient, rassemblaient leurs affaires, nouaient des balluchons qui transportaient ce qu'ils avaient accumulé au cours de plusieurs mois de voyage et de vie dans la jungle, ils faisaient des va-et-vient frénétiques à travers les allées boueuses, récupéraient des objets prêtés, troquaient des parkas à capuche dont ils ne se serviraient plus contre des blousons plus adaptés à la région qu'ils avaient choisie, vendant ce qu'ils pouvaient contre des billets, plus faciles à transporter. Hawa avait commencé à rassembler le strict nécessaire dans son sac à dos, au cas où elle serait obligée de prendre la fuite. Les tas d'immondices grandissaient au coin des allées, qui se creusaient encore et devenaient de vraies tranchées de boue.

Hawa se demandait s'il valait mieux obéir, ou pas. S'il existait même une possibilité de ne pas obéir. Et puis Milad avait dit tout à coup que si tout le monde partait, alors la police s'en irait aussi, il n'y aurait plus de contrôles. Et les camions, eux, continueraient à passer la frontière. Les Anglais n'allaient pas s'arrêter de manger des clémentines d'Espagne. C'était leur chance. Ils seraient plus malins que les autres, ils resteraient, se planqueraient et attendraient le bon moment. Ils sauraient se débrouiller tout seuls. Milad promettait de tout organiser pour qu'ils survivent ici, et qu'ils aient une vie aussi normale que possible jusqu'à ce qu'ils arrivent à passer en Angleterre.

Hawa avait essayé d'en parler avec d'autres, de demander conseil à des femmes plus âgées qu'elles, qui étaient là avec leurs familles, ou aux filles des associations, qui avaient toujours été à leurs côtés, mais Milad pensait qu'il valait mieux garder cette idée pour eux. Bien sûr, ils ne seraient peut-être pas les seuls à tenter cette solution, mais moins ils seraient nombreux à oser rester, plus ils auraient des chances de réussir. Ibrahim était déjà convaincu, son regard brillait quand il écoutait Milad. Hawa réfléchissait. L'enjeu était énorme : elle n'était pas arrivée jusqu'ici en risquant sa vie pour tout perdre du jour au lendemain à cause d'une mauvaise décision.

Quand on avait annoncé que les adultes allaient partir dès le lendemain à huit heures, la tension était montée d'un cran. On ne savait pas où ils seraient emmenés, les bénévoles avaient demandé une liste des centres d'accueil mais on avait refusé de leur en donner une, on avait peur des réactions de ceux qui vivaient près des centres, on avait peur qu'ils aient peur, en quelque sorte. On ne savait pas s'il y aurait assez de places, on ne savait pas combien d'habitants comptait la jungle. Six mille, dix mille. On savait que c'était une ville, et qu'il faudrait l'évacuer en trois jours.

Ali avait dit qu'il pensait accepter la proposition de la France et partir en centre d'accueil. Il irait le lendemain se faire enregistrer. C'était ça ou errer à nouveau entre la lande et les camions. Il était fatigué. Il allait suivre le mouvement. Rien ne pouvait être pire que la jungle.

Ils s'étaient disputés. Milad n'avait rien dit pendant qu'Ali et Ibrahim se mettaient de grands coups de poing, jusqu'à rouler par terre.

Jawad, lui, n'écoutait plus leurs discussions, il jouait avec des pierres qu'il nettoyait minutieusement. Tout à coup, il a mis un des cailloux dans sa bouche et Hawa lui a mis une claque pour qu'il l'enlève. Elira, elle, s'entourait de ses bras, regardant de côté.

Milad a fait revenir le silence et l'ordre dans le groupe. Il pensait comme Ibrahim. La jungle était plus proche de leur but qu'une ville française dont ils n'avaient jamais entendu parler. Il leur restait trente-trois kilomètres. Ils avaient voyagé pendant des mois, pris des camions, des voitures, des bateaux, marché dans la montagne, traversé dix pays, il n'était pas question qu'ils s'arrêtent à trente-trois kilomètres de l'arrivée pour repartir dans des bus affrétés par la police. Il se demandait où son frère et lui dormiraient, sans abri dans la jungle, et comment ils feraient pour manger, mais il ne le disait pas aux autres.

Ali a déclaré qu'il n'avait pas envie de finir écrasé sous un camion, noyé en mer ou tué d'un coup de couteau. Il avait encore les traces des barbelés d'Euro-tunnel sur les mains, alors personne ne pouvait rien dire. Mais quand il a assuré qu'on l'enverrait directement du centre d'accueil jusqu'en Angleterre, les autres se sont bien foutus de lui. Pour le punir d'avoir choisi une autre solution que lui, et par jalousie au cas où son plan marcherait, Milad lui avait interdit de dormir dans la tente avec eux : il n'avait qu'à aller dans son bus. Les autres avaient ricané en crachant par terre.

Le soir, alors qu'Ali était dans les toilettes du camp, ils se sont approchés en douce et ont ouvert la porte après quelques dizaines de secondes, juste au moment où Ali était en train de faire, assis sur les toilettes, il s'est mis à hurler face à la porte ouverte. Ils l'ont laissé là, criant parce que tout le monde pouvait le voir, tous ceux qui faisaient la queue et ceux qui vivaient autour, et ils sont partis en se marrant.

Alors qu'il faisait encore nuit noire, des milliers d'hommes et de femmes s'étaient mis à attendre dans le froid, avançant pas après pas, les uns derrière les autres, poussant les valises qu'on leur avait données, tirant des sacs en toile plastifiée écossaise qui renfermaient tout ce qu'ils avaient amassé en quelques mois ou quelques années, se bousculant, essayant parfois de se doubler par peur de ne pas avoir de place, se serrant dans les bras pour se dire au revoir, dans une ambiance d'après catastrophe. Hawa, qui n'avait pas réussi à dormir, regardait ces files d'humains aux yeux fatigués qu'elle avait l'impression d'avoir déjà vues, elle ne savait plus où, ni quand.

Devant le hangar, on avait organisé quatre files : familles, adultes seuls, malades, et mineurs isolés – comme elle. Des hommes en noir les maintenaient derrière des barrières, des hommes en orange les accueillaient. Seuls les adultes y étaient allés en masse. Les mineurs se méfiaient. Ali avait décidé d'aller voir malgré tout. Il avait fait la queue parmi tous les enfants et les adolescents prêts à partir, à côté d'un de leurs amis, venu de Kandahar lui aussi, qui était convaincu de saisir sa chance. Les autres l'épiaient, sans savoir s'ils lui souhaitaient de réussir, s'ils l'enviaient, ou s'ils le méprisaient d'obéir aux ordres.

Ali et le garçon de Kandahar avaient attendu pendant trois heures. De temps en temps Hawa et les autres venaient les charrier, puis ils s'en allaient à nouveau. Une bénévole disait au revoir à ceux qu'elle avait connus, les larmes aux yeux.

On leur avait montré une carte de France, avec deux régions coloriées tantôt en vert et en rose, tantôt en marron et en doré. Ali ne savait pas lire une carte. Sans doute qu'il n'était pas le seul, certains hommes choisissaient en fonction de la couleur du bracelet. Vert, ça portait bonheur, c'était la couleur de l'islam. Doré, ça faisait riche. D'autres avaient choisi la mer plutôt que la montagne, Lorient plutôt que Grenoble parce que ça leur semblait plus facile à prononcer. Le garçon de Kandahar avait recommandé à Ali de dire «Grand Est» mais quand il était arrivé devant la dame aux cheveux de mouton, Ali s'était aperçu qu'il n'avait pas le choix : pour les mineurs il y avait uniquement des bracelets argentés. Ali avait demandé si les bracelets argentés c'était pour l'Angleterre et on lui avait dit non, pour Jules Ferry, il n'avait rien compris, il fallait décider vite, en quelques minutes, d'autres attendaient, le suivant était déjà en train de regarder la carte, c'était trop rapide tout à coup pour Ali qui avait demandé à réfléchir et avait laissé sa place.

Il était revenu auprès de Milad, et Ibrahim avait dit à tous les autres qu'Ali croyait que l'Angleterre était une région française, et même si ce n'était pas ce qu'il avait voulu dire, Milad avait renchéri en disant qu'Ali avait voulu choisir la région « Nord Nord », et tous avaient ri tandis qu'Ali se mettait en colère. Mais quand Ali avait dit que l'Angleterre n'était peut-être pas aussi différente de la France qu'on le disait, tous s'étaient tus.

Hawa avait observé ceux qui avaient leur bracelet au poignet attendre les bus sous des tentes jaunes. Personne ne leur parlait vraiment. Ils attendaient leur avenir, qui ne s'appelait plus Angleterre mais portait désormais le nom d'une ville dont ils n'avaient jamais entendu parler la veille encore. Ils étaient encadrés par des hommes en uniforme. C'était bien la preuve que ce n'était pas une vraie proposition, sinon ils n'auraient pas prévu autant de policiers. On se serait cru en guerre.

Ils étaient revenus près de leur cabane où des nettoyeurs avaient commencé à démanteler un abri après l'autre. Beaucoup de tentes étaient déjà vides, et l'atmosphère avait changé. On aurait dit une immense gare, où tout le monde était en partance. Cette fois c'était clair, la jungle allait vraiment disparaître. Ceux qui hésitaient la veille encore, comme le Soudanais que Milad avait rencontré lorsqu'il aidait les médecins sans frontières et sa vingtaine d'amis, n'avaient plus le choix. Ali allait à contre-courant : il avait paniqué, dans le hangar, et il se sentait plus rassuré auprès de Milad et des autres. Il y avait d'autres irréductibles, et des femmes érythréennes et éthiopiennes qu'Hawa connaissait voulaient faire une manifestation pour demander de l'aide et des réponses à leurs questions. Mais les hommes en rouge et ceux en noir frappaient aux portes des baraques et ouvraient les tentes pour convaincre les derniers habitants de partir.

En deux jours, plusieurs milliers de personnes avaient quitté la jungle à bord des dizaines de bus qui s'étaient succédé sous les caméras du monde entier. Des journalistes séparés les uns des autres de quelques mètres à peine semblaient s'agripper à leurs micros comme s'ils allaient les empêcher de s'enfoncer dans la boue. On disait que deux cents mineurs avaient été évacués en Angleterre. Comme d'autres étaient encore en attente du départ, Hawa et la bande n'avaient pas à se cacher : on pouvait croire qu'ils en faisaient partie. Ils étaient restés traîner près du hangar, et ils avaient vu les files d'enfants et de jeunes, serrant leur sac contre leur poitrine même quand c'était des sacs à dos, se rac-crochant à ce qu'il leur restait, parfois seulement quelques habits, quelques photos pour les plus chanceux. Certains étaient montés dans les bus en faisant le V de la Victoire, mais d'autres étaient plus silencieux. D'autres encore attendaient un papier qui les conduirait ailleurs, excités par le départ tout proche, un voyage où cette fois tout serait organisé et sûr, ils souriaient en regardant les autres être embarqués, un peu envieux, un peu anxieux. En attendant d'être emmenés, ceux qui avaient accepté d'obéir avaient désormais le droit de rester dormir dans les containers du camp. Là-dessus, on ne leur avait pas menti. Ali avait hésité une dernière fois à prendre le bracelet qui lui aurait assuré quelques nuits confortables.

Seuls les mineurs encore logés dans les contai-ners en attendant la décision de l'Angleterre et quelques dizaines d'habitants qui espéraient pouvoir rester étaient encore là. Déjà, cela fai-sait un grand vide, et la jungle commençait à ne plus ressembler à ce qu'elle était deux jours plus tôt. Vers la fin de l'après-midi, Milad avait récupéré trois nouvelles couvertures et il avait dit aux autres qu'il allait falloir s'organiser. Leur plan fonctionnait. Bientôt il ne resterait plus qu'eux dans la jungle et ils auraient plus de chances de trouver un moyen d'aller en Angleterre. Il y avait sûrement d'autres choses à récupérer dans les tentes abandonnées avant qu'elles ne soient toutes détruites. Hawa rêvait de se changer et de mettre des vêtements moins poisseux que ceux qu'elle empilait chaque jour sur elle, des chaussettes presque propres, une couverture qui sentirait moins mauvais. Il y aurait peut-être aussi de quoi se nourrir, de l'eau au moins. Elle avait soif, et tout le temps faim.

Le deuxième soir, Hawa avait pourtant déclaré aux autres que tant qu'elle n'aurait pas un papier promettant qu'elle irait en Angleterre, elle ne monterait dans aucun bus. Elle avait gagné sa liberté, elle n'était pas prête à la rendre à la première occasion. Elle préférait rester dans la jungle plutôt qu'on l'éloigne de son but. Ils avaient beau lui ordonner de partir, elle s'accrochait.

Elira s'était levée, et avait affirmé de sa voix de chat sauvage qu'elle resterait avec Hawa.

Milad avait dit qu'il préférait mourir plutôt que de s'en aller.

Ibrahim avait ajouté qu'il aurait encore mieux aimé crever celui qui voudrait les forcer à partir.

Elira suivait Hawa, Ibrahim suivait Milad, qui emmenait son frère, et Ali hésitait.

Et c'est comme ça qu'ils avaient décidé ensemble qu'ils iraient en Angleterre coûte que coûte, tous les six, quitte à rester seuls dans la jungle.

La carte

La fille de l'association avait eu l'idée de dessi-
ner sur le mur une carte du monde qu'ils avaient
traversé : l'Afrique, l'Europe, une partie de l'Asie
étaient tracées, et chacun d'entre eux devait marquer au feutre le chemin qu'il avait pris, depuis chez
lui jusqu'à Calais.

Au départ, ils avaient regardé la carte vierge avec
circonspection. Certains ne savaient pas lire, et
connaissaient les noms des pays traversés sans savoir
où ils se situaient. D'autres n'avaient jamais vu une
mappemonde, et n'avaient aucune idée de l'endroit
où se trouvait leur pays de naissance. D'autres enfin
n'osaient tout simplement pas crayonner sur le mur.
L'animatrice avait cru avoir une bonne idée, mais
son plan tombait complètement à l'eau.

Elle a croisé le regard réfléchi d'Hawa, qui prenait conscience au même moment du long voyage
qu'elle avait entrepris, seule. Son visage était grave,
car à mesure que ses yeux parcouraient les pays

qui se reliaient depuis l'Éthiopie jusqu'à Calais, les mauvais souvenirs refaisaient surface. Le camion dans le désert, le Soudanais qui s'était allongé sur elle, le travail jusqu'à tomber de sommeil et la peur tout au long du voyage. Et puis son regard revenait en arrière, vers la ville où elle avait vu son père pour la dernière fois.

La fille de l'association a proposé à Hawa de venir prendre le marqueur.

Elle s'est levée, droite, et devant tous les autres elle a fait courir le stylo sur la carte, depuis l'Éthiopie à travers le désert du Soudan, jusqu'à la Libye, la mer Méditerranée, l'Italie et la France, et les autres suivaient le tracé de sa main et en eux revenaient d'autres souvenirs qui ressemblaient aux siens, car ils savaient eux aussi ce qu'était le travail forcé en Libye ou le voyage en canot sur la mer, mais en même temps leur curiosité devenait presque palpable et leur excitation grandissait, et lorsque Hawa a entouré la ville de Calais d'une grande boucle qui a fait plusieurs fois le tour du rond rouge au bord de la mer, quelques cris ont fusé.

Seydou, un Malien de quinze ans, s'est avancé à son tour et lui a pris le feutre, et sa ligne est venue ajouter un chemin sur la carte, depuis Gao jusqu'à Paris, et d'autres cris ont salué son arrivée à Calais. La carte devenait l'histoire de leurs points communs, puisque les lignes se croisaient parfois, à

Milan, Rome, Idomeni, Lesbos ou Paris, jusqu'à leur arrivée dans la jungle qui était désormais leur territoire, face à cette Angleterre dont ils rêvaient tous et qui n'était éloignée du point rouge que par une mince bande de bleu. C'est là qu'ils avaient appris que seuls trente-trois kilomètres les séparaient de leur but. Quand il faisait beau on pouvait l'apercevoir, d'ailleurs, un mirage au-dessus des eaux.

Ils venaient d'Asie, d'Afrique, d'Europe, et parlaient des dizaines de langues différentes. Certains, qui avaient six ou sept ans, étaient aidés par leurs aînés, d'autres au contraire paraissaient avoir plus de dix-huit ans et semblaient déplacés dans cette classe ouverte à tous. Chacun voulait à présent marquer lui aussi sa trace sur la carte. Et chaque arrivée du stylo-feutre sur le cercle crayonné en rouge de Calais était saluée par des vivats. Tout au long du chemin ils avaient laissé des éclats d'existence, des espoirs déçus, des amis oubliés – et parfois un doigt, ou un rein. Ali, Jawad, Milad et Ibrahim partageaient le même parcours alors qu'ils ne venaient même pas de la même région d'Afghanistan, et pourtant tout à coup c'était une histoire commune qui se racontait. Et toutes ces routes aboutissaient au même endroit, un point rouge sur la carte du monde. Leur point commun, c'était Calais, la jungle, leur pays, qu'on le veuille ou non.

Le garçon de Kandahar avait été chercher son bracelet argenté, et le lendemain il montait dans un bus à côté d'un Guinéen qui jouait de la guitare. Il s'était retourné vers Milad et sa bande quand il était passé devant la barrière où ils regardaient partir les bus, mais ils n'avaient pas fait un signe.

Il avait disparu.

C'était le dernier jour où ils pouvaient se décider à aller aux containers se faire enregistrer et partir, mais ils ne parlaient plus de ça. Leur cabane venait d'être détruite. Elle avait craqué dans les mâchoires d'une pelleteuse et quelques minutes plus tard il n'en restait plus rien, ils avaient à peine eu le temps de rassembler leurs affaires et de les emballer, à peine pu sentir le découragement et l'épuisement, à peine pu être sidérés par cette image, des pelleteuses qui broyaient tout ce qui faisait leur quotidien depuis des mois.

Accroupis sur le chemin des dunes, près des sacs et des ballots qui étaient tout ce qu'ils avaient sur terre, ils essayaient de réfléchir, vite, à ce qu'il fallait faire. Les bus emmenaient les derniers habitants de la jungle qui avaient abandonné l'idée de vivre en Angleterre. Milad a dit qu'ils risquaient d'être repérés, ils ne pouvaient plus rester dormir là. Ils allaient se planquer à l'autre bout du camp dans un premier temps.

Ali semblait se moquer complètement de son sort, il s'en remettait au groupe, à présent, et surtout à Milad, qui décidait pour lui, il faisait du vélo, décrivant des cercles de plus en plus petits autour d'eux dans le sable. Les silhouettes rouges continuaient à arracher les bâches, casser les planches, détruire les baraques. Petit à petit, le bidonville laissait place à une lande désertique.

Les gens disparaissaient, la jungle aussi.

Jawad, lui, jouait à la guerre un peu plus loin, avec d'autres enfants, les palettes de bois servaient de barrages, tous savaient imiter les mitraillettes et les fusils. Milad a entendu son frère protester, il ne voulait pas être un Américain, il avait déjà été américain la veille et refusait de faire encore partie du camp des méchants, même si c'étaient ceux qui avaient les meilleures armes. Milad s'est dit qu'au moins son frère avait recommencé à jouer, depuis qu'ils s'étaient posés dans la jungle : depuis l'Afghanistan jusqu'à Calais, il n'en avait pas eu le temps, toute leur énergie avait été consacrée au voyage et à la recherche de nourriture. La bataille avait recommencé, les enfants bondissaient par-dessus les palettes, tendaient des pièges aux autres, criaient à ceux qui étaient morts de ne plus bouger. Le plus petit jouait comme un fou, peu à peu les combattants tombaient, immobilisés, et les faux tirs se faisaient plus sporadiques, Jawad courait entre les corps de ses ennemis neutralisés, bondissait par-dessus, se faufilait entre les tentes, hurlait de victoire en levant les deux bras au ciel, souriant d'une oreille à l'autre. Ils ne jouaient plus qu'à la guerre, chaque jour, ils tiraient des flèches, envoyaient des avions en papier, construisaient des catapultes. L'ambiance électrique de la fin du bidonville se transmettait même aux enfants.

Finalement ils se sont dirigés vers la zone des marécages, pour trouver un endroit où dormir. On disait que ce quartier serait détruit en dernier, quatre cabanes sur cinq étaient vides, les bâches de plastique bleu se tordaient au vent, et parfois une fenêtre se brisait ou une porte tombait d'elle-même dans un fracas terrible. La plupart du temps, leurs habitants avaient tout emporté sauf les murs, mais on pouvait encore s'y abriter, et peut-être faire des trouvailles parmi la boue des baraques de ceux qui avaient dû partir à la va-vite. Ils se sont mis à tout retourner, ouvrir les cabanes qui restaient debout et balancer ce qu'ils y trouvaient, les habits, les papiers, les chaussures, les couches, les boîtes, les plaquettes vides de médicaments, les bouts de tissu, les meubles démembrés, ils inspectaient chaque recoin pour grappiller ce qui pourrait leur être utile. Ils laissaient chaque baraque visitée sens dessus dessous, pour ne pas que les pelleteuses démolissent à leur place ou pour laisser sortir leur rage, ils voulaient tout casser et pisser sur les ruines avant que les destructeurs n'arrivent.

Ils ont fini par choisir une tente bleue qui venait d'être abandonnée et restait encore debout au milieu du désastre, ils y ont posé leurs sacs. Ils savaient que cet abri était provisoire, ils avaient vu comment les baraques légères étaient faciles à détruire et volaient en éclats. Il fallait aller vite, c'étaient les dernières heures de la jungle, et ils le sentaient, l'ambiance était à la survie.

Ils se sont mis à fouiller à la recherche de ce qui pouvait être sauvé avant que les machines et les silhouettes ne détruisent tout, frénétiquement, flairant, reniflant, braillant quand ils trouvaient quelque chose qu'ils n'arrivaient pas à extraire seuls de la gangue de boue qui recouvrait tout et qui aurait peut-être un peu de valeur, que d'autres avaient laissé derrière eux par manque de place ou parce qu'ils n'en auraient plus jamais besoin. Des pans entiers des cabanes s'écroulaient quand ils voulaient récupérer des bouts de mousse isolante ou des tissus qui pourraient servir de matelas pour dormir. Ils ramassaient ce qu'ils pouvaient, fouillant les cabanes à coups de pied comme d'autres autour d'eux, avec lesquels il arrivait qu'ils se battent pour un trésor découvert au milieu des cartons détrempés, des capotes usagées, des bouteilles cassées. Elira, à quatre pattes, cherchait dans les restes du restaurant afghan des affaires que le propriétaire aurait pu enterrer. Ibrahim lui a attrapé les hanches, mimant un acte sexuel, les autres ont ri, Elira n'a même pas fait attention. Jawad a soulevé un couvercle plus grand que lui et en se penchant à l'intérieur il est tombé dans un trou, il a crié. Ses mains tentaient de s'appuyer sur le bord mais il n'arrivait plus à s'en extraire tellement c'était gras. Une odeur d'excréments a envahi la cabane. Le restaurateur s'était construit une sorte de fosse pour éviter d'aller aux toilettes du camp, parce qu'il se croyait au-dessus des autres ou parce qu'il en avait marre de faire la queue pendant des heures pour finir par chier sur la pointe des pieds pour ne pas se salir. Jawad se débattait en vain. Milad et Hawa se sont approchés, et ont commencé à le tirer par les aisselles, mais ils avaient du mal, même à deux, à le sortir du trou où il était embourbé. Jawad criait dans ses sables mouvants. Les autres hurlaient de rire en se pinçant le nez.

Il avait fallu qu'Hawa l'essuie avec des chiffons, puis l'emmène à la seule douche encore en fonctionnement. Déjà, avant, il n'y avait pas beaucoup de moyens de se laver, et on pouvait prendre une douche à peine tous les dix jours, mais depuis que le camp était évacué, il n'y avait plus qu'un seul point d'eau. En même temps, Hawa pouvait y aller sans trop de risque pour elle-même, à présent que la jungle se vidait, alors qu'il y avait eu une période où Elira et elle avaient mis des couches accumulées de tissus dans leur culotte pour ne pas avoir à aller aux toilettes une fois la nuit tombée et risquer de se faire attraper par des hommes. Elles empestaient la pisse au matin, mais au moins elles échappaient au pire. Elles n'en revenaient pas, d'en être réduites à faire ça. Elle avait dit à Elira qu'elle ne pensait pas qu'un jour elle en viendrait, à quatorze ans, à mettre des couches de bébé. Elira avait répondu que c'était plutôt aux animaux de la ferme que ça lui faisait penser, ceux qui pissent dans leur paille et restent debout sous la pluie sans bouger. À force de les considérer comme des bêtes, ceux qui les détestaient les forçaient à devenir des bêtes – pour pouvoir les détester encore plus.

Le troisième soir, des hommes avaient commencé à s'énerver. La plupart des habitants ayant été évacués, ceux qui restaient étaient fatigués. Des policiers avaient lancé des grenades lacrymo dans la nuit. Les hommes avaient répliqué en lançant des pierres. Une des grenades était tombée dans un container à ordures, ça avait mis le feu aux poubelles, les pompiers étaient arrivés et ça avait calmé tout le monde.

Mais plus tard, d'autres départs de feu avaient eu lieu. Les flammes éclairaient les rues vides et noires. Une caravane était embrasée, le feu léchait des poteaux électriques. Ibrahim avait filmé le feu avec son téléphone portable. Alors qu'ils essayaient de dormir dans leur tente, emmitouflés dans leurs couvertures, une bonbonne de gaz avait explosé et Jawad s'était mis à gémir. Il était terrifié. Il a réclamé sa mère, une fois, deux fois. Alors Milad lui a demandé s'il voulait sa mère qui pleurait, la guerre qui faisait peur, les hommes qui faisaient du mal. Jawad a répondu oui. Milad a dit que c'était comme de dire qu'il préférait être mort. Alors le petit a dit que c'était exactement ce qu'il pensait. Son grand frère n'a plus rien dit. Le bruit au-dehors l'a dispensé de répondre. Hawa n'était plus sûre que c'était mieux de rester là. Toute la nuit, cela avait duré. Un Afghan de seize ans avait été évacué à l'hôpital. Jawad n'avait pas dormi, Milad et Hawa avaient dû se relayer auprès de lui.

Le lendemain, alors que les pelleteuses éventraient la terre et broyaient sous leurs chenilles les tentes les plus proches de celle où ils avaient entreposé leurs affaires, et que la jungle était recouverte d'un épais brouillard, Milad avait dit qu'ils venaient de passer leur dernière nuit dans la jungle.

Ils étaient partis tous les six avec leurs sacs à dos en se cachant de la police qui gardait le camp et surveillait les alentours pour que ses habitants ne se réinstallent pas ailleurs. Leurs yeux étaient inquiets, et ils tournaient la tête au moindre bruit. La ville était presque déserte. Les arbres étaient gris. Sur la route, il y avait des silhouettes noires près de camions blancs. Sur la plage, il y avait des silhouettes noires. Sous le pont de l'autoroute, il y avait des silhouettes noires. Sur l'aire de repos, il y avait des silhouettes noires. Aucun autre signe de vie.

Toute la journée, ils avaient couru d'un lieu à un autre, traqués par la police, cherchant un endroit où ils pourraient se cacher, où ils s'abriteraient du ciel qui ne cessait de leur cracher au visage, où ils auraient moins froid. Ils se faufilaient, trottaient le long des murs, des arbres, des grilles, essayaient par un chemin, un autre, évitaient les trous, les ronces, les bosses, ils se faisaient des signes muets pour se couvrir, repartaient, revenaient, mais rien n'y faisait. Ils n'avaient plus nulle part où aller.

Ils avaient fini par trouver un refuge, un ancien box pour chevaux, au bord d'un champ. L'endroit était assez large pour eux, et le sol était propre, même s'il était humide. Le box était en pierre, ils étaient mieux abrités que dans la jungle, mais là-bas ils avaient à manger. Ici ils n'avaient rien. Plus loin, ils voyaient une ferme, et surtout ils entendaient les chiens. Des chiens de chasse, enfermés dans un che- nil en grillage. Les cris des chiens rendaient Elira folle, ses mains volaient à ses oreilles et Hawa devait lui parler doucement pour qu'elle se calme. Milad avait établi des règles, pour qu'ils ne se fassent pas repérer et chasser de leur nouvel abri, à commencer par la plus importante : ils devaient être le plus silen- cieux possible. Il avait fixé son frère en lui deman- dant s'il avait bien compris. Le petit avait acquiescé, il ferait attention à ne jamais faire de bruit. Ils ne devaient pas sortir seuls, et surtout pas sans préve- nir, même pour chercher à manger, et cette fois ses yeux se sont tournés vers Ali. Et ils ne devaient pas se battre, même s'ils allaient devoir être enfermés dans quelques mètres carrés à longueur de temps. Milad a regardé Ibrahim, parce que c'était celui qui aurait le plus de mal à se retenir.

Milad et Ibrahim étaient sortis, laissant les autres dans le box. Jawad s'est mis dans l'encadrement de la porte en pierre pour regarder son frère s'éloigner mais Hawa l'a tiré brusquement par le bras, il ne devait pas sortir, le petit s'est mis au fond contre le mur mais il n'a rien dit. Elira a piqué la lame de rasoir de Milad pour s'épiler les aisselles, en faisant passer sur sa peau la lame sans manche qu'elle tenait entre ses doigts, elle disait qu'elle puerait moins comme ça. Au bout d'un moment, Jawad s'est rapproché d'elle pour mieux voir. Elle a accroché les plaques roses qui la grattaient et la lame a écorché la peau, mais elle n'a rien senti, elle a continué à faire tomber les poils. C'était comme si leur peau était devenue plus dure dans la jungle, ou que leur corps réagissait indépendamment d'eux : ils se grattaient sans plus jamais y prêter attention, leur main filant brusquement vers le bras ou derrière l'oreille qui les démangeait, frottant sur leur peau sale des ongles qu'ils ne coupaient plus, qu'ils rongeaient seulement quand ils se transformaient en griffes.

Milad voulait essayer de trouver quelque chose à manger autour de la ferme, peut-être des légumes dans le potager à côté de la maison, ou quelque chose dans une des granges attenantes, des provisions de conserves ou même de la nourriture pour les animaux. Mais dès qu'ils approchaient trop, les chiens de chasse les sentaient et hurlaient, et ils repartaient en courant vers le local à bestiaux. Ils avaient rôdé autour des poubelles, mais les chiens dressés les faisaient fuir. Toute la journée ils avaient essayé, avec les autres qui piaffaient et demandaient avec toujours plus d'urgence s'ils avaient trouvé quelque chose à manger, à chaque fois qu'ils repassaient par le box. Jawad voulait sortir, il n'avait pas l'habitude d'être enfermé. Elira non plus ne tenait pas en place. Mais pour l'instant ils obéissaient. Milad leur avait interdit de bouger, c'était trop risqué. Ils étaient parqués dans leur box et ils avaient faim. Ils n'en parlaient pas, mais ils avaient tous faim.

Juste avant le soir, ils avaient vu d'autres évacués du camp se rapprocher et ils avaient eu peur d'être obligés de se battre pour défendre leur abri. Hawa les avait regardés. C'étaient des hommes en habits à capuche gris, leurs peaux transpirant une odeur rance de peur, entourés d'une buée qui donnait l'impression qu'ils flottaient au-dessus du sol. Ils s'étaient éloignés sur la route sans les remarquer, les yeux agrandis, fuyant quelque chose qu'on ne voyait plus, avant de disparaître dans la brume et le silence. Elle s'est retournée vers Milad, sidérée, mais c'était comme s'il n'avait rien vu.

La deuxième nuit avait été encore plus sombre que la précédente et ils n'avaient dormi que

quelques heures. Ils s'étaient relayés pour la surveil-
lance : les hommes qu'ils avaient aperçus pouvaient
revenir. Hawa se disait que s'ils s'étaient battus avec
eux, ils auraient peut-être perdu leur abri mais ils
auraient peut-être gagné à manger. Son ventre creux
lui donnait des vertiges, son dos lui faisait mal, et
elle était tellement fatiguée qu'elle avait envie de
vomir. Jawad avait envie de boire du lait.

Tout à coup, Ibrahim s'est rapproché d'Ali
pendant qu'il dormait, et il a commencé à fouiller son sac pour voir s'il avait caché de la nourriture quelque part, comme à son habitude. Ali s'est
réveillé, il a cherché à récupérer ses affaires en traitant l'autre de fils de pute, mais Ibrahim a levé les
bras au-dessus de lui pour mettre le sac hors de portée, il a trouvé des gâteaux écrasés dans un paquet,
et il a commencé à les manger tout en empêchant
Ali de reprendre son sac. Ali était trop petit de
toute façon pour y arriver, il hurlait, il a demandé
de l'aide à Milad qui lui a lancé un regard ennuyé
et lui a ordonné de se taire, il faisait trop de bruit.
Tous étaient réveillés, et il était impossible de leur
commander de ne pas avoir faim. Les autres se sont
rapprochés et ils ont entouré Ali, Elira lui a dit qu'il
ferait mieux de le dire tout de suite s'il avait quelque
chose d'autre à manger, Ibrahim a secoué le sac,
puis Elira s'est jetée dessus et Ali a voulu l'empêcher de l'atteindre, mais elle en a déchiré la poche

arrière. Un rouleau de billets est tombé, ils se sont tous précipités au sol, même Hawa.

Chacun a ramassé ce qu'il venait de voler à Ali, qui pleurait. Chacun avait sa cachette, dans son sac de couchage, dans sa poche, dans ses vêtements. Ils changeraient les billets de place plus tard, quand les autres ne les regarderaient pas.

Cela ne les nourrissait pas pour autant.

C'est là qu'ils ont entendu un grognement. Ils n'ont même pas eu le temps de réagir, les chiens de chasse étaient sur eux, mordant leurs couches épaisses de vêtements, grondant, Milad est tombé en arrière, un chien a grimpé sur lui tandis qu'un homme frappait Ibrahim à coups de bâton et qu'un autre gueulait, tapant lui aussi à l'aveugle avec une planche de bois d'où dépassaient des clous, et criant sans dire de mots, criant de peur, s'est dit Hawa tandis qu'une femme lui écrasait la tête sous sa chaussure, la semelle couverte de boue contre son visage, sa bouche bouffant la terre. Ibrahim a rugi et s'est lancé à l'assaut de la femme, qui est tombée par terre, et il la tapait mais les chiens sont venus la sauver en s'attaquant à lui et Milad a crié, il fallait partir, l'homme parlait de police, c'est le seul mot qu'il disait, le reste de son langage était inarticulé et son visage était gris, gris de peur lui aussi, son regard était celui d'un animal terrorisé, et celui que lui renvoyait Milad aussi. Elira essayait de se relever de la boue en s'appuyant sur ses coudes, rampant au sol, et Ali essuyait le sang et la salive qui coulaient de sa bouche, Milad a ramassé le corps de son petit frère par terre et il a entraîné Ali, les autres se débrouil-leraient, et ils ont couru hors du box pour chevaux tandis que les hommes et la femme les insultaient encore et poussaient des cris destinés à les éloigner à jamais sur la route noire.

À quelques dizaines de mètres de là ils se sont retrouvés tous les six. Milad a regardé son frère qui tenait debout, transi de froid, les yeux perdus. Ils avaient mal aux côtes, à la tête, aux jambes, ils n'avaient rien avalé depuis le bol de semoule de l'avant-veille, leurs bouches sentaient le pourri. Il a dit qu'il fallait retourner dans la jungle.

Milad ne savait pas quoi faire d'autre. Ils n'avaient connu que ça depuis des mois et ils ne savaient pas comment se nourrir ailleurs. Hawa s'est dit que Milad s'était trompé, deux jours plus tôt. Ce n'était pas leur dernière nuit là-bas.

Ils sont repartis, aux aguets, le corps meurtri, et sur la route qui semblait immense ils se sentaient nus. Hawa ne savait plus quel jour on était. Dès qu'une voiture approchait ils plongeaient derrière les talus. Le petit avait toujours un temps de retard avant de se planquer, Milad devait le tirer par la manche à chaque fois. Ibrahim est allé voir s'il y avait encore des policiers pour contrôler l'accès à la jungle. Au nord, il y en avait encore beaucoup, plus encore qu'auparavant, mais au sud, il n'y avait plus personne.

Hawa savait qu'ils ressemblaient à ceux qu'ils avaient vus sur la route les yeux agrandis par la peur et la fatigue. Peu à peu, elle a eu la sensation d'aligner les pas les uns derrière les autres comme si ce n'était pas elle qui marchait mais une partie de la bande, deux des douze jambes que comptait leur groupe. Elle avait beau essayer de revenir à elle, elle toussait creux et filait à la suite des autres.

Ils ont eu un choc en découvrant ce que le camp était devenu : un désert. Ils ne s'attendaient pas à ce que tout ait disparu aussi vite. Le terrain vague était vide, ses six milliers d'habitants s'étaient volatilisés. Des allées de sable et de boue avaient remplacé les bâches, les tôles et les palettes, dans un paysage totalement changé. Seuls les arbres étaient encore droits, tremblant dans le vent glacé qui se faufilait dans leurs branches. Les containers aussi, qui détachaient leurs silhouettes blanchâtres au loin. Les rares tentes qui restaient çà et là étaient calcinées. Quelques petites pancartes de bois sur lesquelles étaient collées des photos du paysage qu'ils avaient sous les yeux, estampillées d'un drapeau français, interdisaient l'accès au terrain. Tout était blanc et gris, désert et glacé. Seules les usines au loin crachaient leurs fumées habituelles.

Ils ont cassé des verrous et des cadenas et ils ont réussi à passer sous une barrière où des centaines de sacs plastique en lambeaux roses et blancs les ont applaudis sur leur passage, fêtant leur retour. Les mouettes poussaient des cris glaçants.

Ils avançaient lentement en s'enfonçant dans les ruelles boueuses sans rien reconnaître, c'était difficile de se rappeler où étaient les tentes avant qu'ils ne détruisent tout. Ils n'avaient plus rien pour se cacher, plus de buissons, plus de cloisons, plus de bâches, et ils avaient la trouille au ventre d'être découverts. Les policiers devaient faire des patrouilles à l'intérieur du camp pour que personne ne s'y réinstalle. Dès qu'ils entendaient un claquement, ils s'aplatissaient dans la boue, même quand c'était le vent qui battait les ordures.

Plus que jamais, ils étaient seuls, au milieu de nulle part.

Jawad était bouleversé, Milad lui a attrapé la nuque en souriant. Le petit cherchait à reconnaître les allées mais n'y arrivait pas. Ibrahim l'a traité de fou, il n'allait pas pleurer parce qu'ils avaient rasé les tentes, Jawad s'est défendu, c'était Ibrahim, le fou, pas lui. Il a montré là où était le chemin des dunes, et il a demandé comment ils allaient faire pour aller à l'école, maintenant qu'il n'y en avait plus. Milad lui a répondu qu'ils iraient plus tard, en Angleterre, ça ne servait à rien d'aller à l'école en français, de toute façon, puisque c'était en Angleterre qu'ils voulaient vivre. Le petit a hoché la tête, mais ça se voyait qu'il n'était pas convaincu. Est-ce qu'il y aurait d'autres écoles, en ville ? Milad lui a dit qu'il se ferait emmerder dans ces écoles-là, parce qu'ils étaient des migrants et qu'ils n'avaient pas de parents. Jawad a paru comprendre, mais il a recommencé à s'affoler quand il a reconnu l'endroit où était leur baraque et où il ne restait plus rien, c'était là qu'ils dormaient, le petit montrait l'endroit comme si ça avait été un lit. Dans les nuits de la jungle cela avait été sa chambre et ses rêves y avaient été luxuriants. Parfois il avait revu les immenses troncs de cèdre où ils s'allongeaient pour glisser sur les rivières, et parfois même le visage de sa mère qui chantait pour qu'il s'endorme. Ses rêves étaient si vifs qu'il retrouvait la sensation de l'eau froide sur sa main ou l'odeur de la peau de sa mère. Il a pris une petite pierre par terre, un galet tout rond et lisse qu'il était le seul à avoir vu dans la boue. C'est vrai que ça faisait drôle, Hawa se sentait bizarre elle aussi, mais elle lui a dit sèchement que c'était un bidonville, et qu'ils n'allaient pas le regretter. Jawad a insisté, c'était leur jungle. Seuls les animaux vivent dans la jungle, a dit Milad.

Ils ont continué à explorer leur nouveau territoire. L'ambiance était complètement différente dans ce silence qui avait remplacé la vie grouillante, les menaces constantes, la peur d'aller pisser, l'attente pour manger, pour se doucher, se faire soigner. À l'extrémité du camp, près des marais, quelques tentes isolées n'avaient pas encore été saccagées, et le vent soulevait leurs bâches de plastique en leur donnant des coups et des claques. De l'autre côté, les containers abritaient toujours des mineurs en attente, qui partiraient dans quelques jours. Autrement, il ne restait plus rien. Ils cherchaient, fourrageaient avec des bâtons dans les ordures, la boue, mais tout avait déjà été fouillé. Pour une fois, Ali ne se faisait pas prier pour travailler avec les autres. Il crevait de faim.

Tout à coup, ils ont vu une silhouette avancer vers eux. Un homme, grand, maigre, aux cheveux hirsutes et aux yeux écarquillés les dévisageait, debout dans ses haillons qui ne couvraient plus qu'une partie de son corps malgré le froid, le tissu en lambeaux qui lui servait de vêtement ne cachant qu'en partie son ventre, ses pieds entourés de chiffons recouverts de plastique. Il disait des mots qui n'appartenaient à aucune langue, la bave au coin des lèvres. On aurait dit un animal des bois. Le petit s'est rapproché de son frère en disant qu'il avait peur. Milad a murmuré aux autres de se tenir prêts, et à son signal ils ont tous fondu sur lui en hurlant. Le fou de la jungle s'est enfui en courant, zigzaguant dans la boue même quand il n'y avait pas d'obstacles, poussant des cris qui ressemblaient à ceux des mouettes. Ils ont ri.

En marchant sur ses traces, ils étaient tombés sur l'ancienne buvette. Ses murs en plastique avaient fondu, mais il y avait des étagères écroulées où des boîtes de conserve avaient échappé aux flammes. En creusant encore, ils ont trouvé des pommes de terre échappées d'un sac, une casserole sans manche, un drapeau vert et rouge, une chaussure orpheline, des bidons pour l'eau, et même des œufs, intacts dans leur boîte de carton. Hawa a ouvert une conserve de maïs et s'est mise à manger à même la boîte, avec ses mains, les grains jaunes lui faisaient venir l'eau à la bouche et craquaient sous ses dents, Elira et Jawad se sont rapprochés d'elle et lui ont pris la boîte pour en profiter aussi, ils ne voulaient pas en perdre un grain, le jus blanc coulait entre leurs doigts et ils se remplissaient la bouche.

Les planches gonflées d'eau s'écroulaient dans la boue. Un livre se feuilletait tout seul dans le vent, Milad l'a pris, mais les pages étaient collées par la pluie, il l'a laissé pourrir. Jawad a trouvé un éléphant en peluche abandonné dans la boue, à côté d'une mouette crevée. D'après Ibrahim, c'était le signe qu'ils allaient survivre dans la jungle, ensemble, et qu'ils s'entraideraient jusqu'à ce qu'ils arrivent à passer en Angleterre.

Ibrahim avait récupéré un morceau de bidon qu'il a posé sur des bouts de fer, et Milad a cassé en petits morceaux un cageot qui était resté à l'abri, il a empilé des bouts de bois par-dessus, il a sorti le briquet de sa poche et la flamme a jailli. Il a soufflé sur les planchettes en les protégeant de ses mains jusqu'à ce qu'elles deviennent un brasier. Hawa a mélangé le riz, les haricots rouges et le maïs, et elle a fait rôtir les boîtes pendant qu'Elira agitait un bout de carton pour entretenir les flammes. Les étiquettes se tortillaient en brûlant comme si elles avaient mal. Jawad, qui tombait de sommeil, a approché ses mains pour les réchauffer. Ibrahim traversait une flamme de son doigt, dans un sens, puis un autre, et Jawad le regardait. Il a essayé de l'imiter, et il s'est brûlé mais n'a pas crié, il a juste fait une légère aspiration d'air entre ses lèvres. Milad surveillait l'épaisse fumée noire qui risquait de les faire repérer. Ali se léchait les babines en regardant les haricots chauffer doucement. De temps en temps, il lançait un petit bout de papier vers le feu et le ratait à tous les coups. Hawa pensait parfois au fou de la jungle, qui était parti comme un dératé, et elle espérait qu'il était loin.

Milad a sorti une dernière surprise : deux boîtes de conserve longues et ovales. C'était du chinchard à la tomate. Hawa a grimacé. Malgré la faim, elle ne pourrait pas en manger, parce que ça lui rappelait trop le désert. Le seul fait de manger la chair grasse du poisson avec les doigts lui donnait la nausée, et elle savait que leurs mains sentiraient la mort pendant des heures. Elle a repris du riz, avec un bout de pain rassis qu'elle avait évidé pour en faire une cuiller. Les autres se léchaient les doigts. Ibrahim épluchait les pommes de terre avec ses ongles. Elle retrouvait le goût de la baguette, qu'elle avait mangée pour la première fois avec les filles de l'association. L'odeur du pain frais, le goût de la farine de blé, et la légèreté de la croûte, même sèche. Milad et Jawad se serraient l'un contre l'autre, enveloppés dans leurs couvertures, le grand entourant le petit de ses bras pour le réchauffer.

Ils mangeaient en silence, sous la bâche bleue où gouttait la pluie. Ali a demandé s'il pouvait avoir sa part. Hawa a accepté sans un mot.

Il a dit en mâchant la bouche ouverte que c'était vraiment la meilleure soirée qu'ils avaient passée depuis longtemps, et ils ont tous acquiescé en mangeant.

La nature était silencieuse, et les oiseaux avaient cessé de chanter. On entendait les vagues au loin. Ils avaient dormi, et juste avant l'aube glacée, Hawa était sortie pour regarder dehors. À part un pigeon estropié, personne ne savait qu'elle existait.

Ils étaient hors du monde.

Ali

Ali avait encore les joues pleines et fermes d'un enfant, mais un léger duvet noir, assez disgracieux à vrai dire, décorait sa lèvre supérieure, guirlande déplumée qui signait ses treize ans. Il avait tout le temps faim, ce qui était aussi un signe distinctif de son âge : il était capable de manger quatre des sandwiches servis par l'association pour le petit déjeuner. Mais il ne les avalait pas sans réfléchir : c'était un vrai gourmand, et il goûtait chacun des aliments avec délectation. Il aurait pu raconter les dix mois passés à voyager rien qu'en listant les repas qu'il avait faits au cours du trajet. Des restes de chèvre grillée que le passeur leur avait rapportés à la première étape du voyage en camion, au Pakistan, aux petits gâteaux fourrés aux dattes de Kerman, de la brochette croustillante trempée dans de la crème au concombre, à Qom, au yaourt à la menthe glacé qu'il avait bu à Téhéran, Ali était intarissable sur les découvertes culinaires qu'il avait faites – et ses pires souvenirs étaient les jours où il avait eu faim. Cela faisait dix mois qu'il ne faisait plus qu'un repas par jour, lui qui venait d'une famille où personne n'avait jamais manqué de rien, et plusieurs fois au cours de son périple il n'avait pas mangé pendant deux ou trois jours. À la frontière entre la Grèce et la Macédoine, les passeurs l'avaient dépouillé de son sac. Il n'avait plus rien, et il avait dû mendier plusieurs jours avant de pouvoir manger quelque chose. Quand il racontait ce moment du voyage, il s'interrompait brusquement. Personne ne savait comment il avait réussi à passer en Macédoine, ni ce qui lui était arrivé exactement. Tout ce qu'on savait, c'est qu'à partir de là, il avait pris l'habitude de faire des réserves, et de remplir ses poches et son sac de tout ce qu'il ne pouvait pas avaler sur le moment.

Il se souvenait de la première fois où il avait mangé une pizza turque, et de la première fois où il en avait mangé une italienne. Il pouvait parler de leurs qualités respectives pendant un bon moment. La pizza turque, sa pâte était fine et croustillante, et puis elle était presque tout le temps à la viande, et Ali adorait la viande. Quant aux tomates, elles étaient mélangées avec des poivrons, alors ça leur donnait un petit côté sucré, et Ali adorait le sucre, et aussi avec des herbes, souvent de la menthe, et Ali... adorait la menthe. Ibrahim demandait s'il y avait quelque chose qui se mangeait et qu'Ali n'adorait pas. Les autres riaient. Ils faisaient diverses propositions, le fromage français qui puait, les épinards, le piment, mais Ali aimait tout.

Ali ne prêtait pas attention à leurs moqueries, il ne s'en apercevait même pas. Il restait concentré. Il rajustait sa casquette « Yankees » qu'il portait à l'envers, comme si ça se faisait encore. Il enchaînait, toujours sérieux, sur les épinards, qu'il aimait bien avec du fromage. De la Vache qui Rit, par exemple. Ali adorait la Vache qui Rit. Les autres étaient hilares. Il avait même inventé une recette, le « goûter français » : une tartine moitié Vache qui Rit, moitié Nutella. Ali admettait qu'il adorait manger, s'en étonnant lui-même.

C'était le plus gourmand d'eux tous, et le plus flemmard aussi. Il était toujours fatigué comme une boulette, il disait. Une boulette, parce qu'on la pétrissait encore et encore, et qu'on la roulait dans la farine.

Qui était pour le tunnel, qui préférait les camions-frigos ?

Hawa voulait réessayer de passer par le tunnel : maintenant que tout le monde croyait qu'ils étaient partis dans des centres et qu'il n'y avait plus personne dans la jungle, il devait y avoir moins de contrôles, et c'était quand même la voie royale. Tout droit jusqu'en Angleterre. Milad n'en était pas sûr, parce que le tunnel n'avait qu'une sortie et qu'elle serait toujours contrôlée. Leur chance, maintenant que la jungle était désertée, c'étaient les camions. Or il restait sûrement d'autres migrants qu'eux, et ils risquaient d'avoir la même idée, alors ils feraient bien de se dépêcher. Pour l'instant, il y avait moins de monde, mais personne ne savait ce qui allait se passer. Les gens continueraient à arriver, parce que l'Angleterre resterait au même endroit, elle n'allait pas dériver ailleurs, alors à nouveau il y aurait un camp, et les camionneurs recommenceraient à se méfier, la police à contrôler, et ce serait à nouveau très dur de passer. C'était leur chance. Le bon moment. Il fallait en profiter. Ils avaient attendu que la jungle soit vidée de ses habitants, que les policiers s'en aillent, cela faisait des jours qu'ils étaient à l'affût d'une possibilité de passer entre les mailles du filet, à présent la voie était libre. Ce qu'ils espéraient depuis qu'ils avaient commencé à entendre parler de l'évacuation de la jungle était en train d'arriver : plus personne, et des camions qui continuaient à rouler. Milad avait déjà pensé à deux endroits, Beau Marais, bien sûr, mais aussi la station-service Shell, et peut-être le supermarché. Ils allaient rester en observation pour décider lequel ils choisiraient.

Il regardait Jawad, pour trouver la force d'y croire.

Ali et Ibrahim ont levé la main pour les camions, avec Milad et Jawad.

Ils allaient se mettre dans un camion frigorifique, comme ça ils resteraient tous ensemble. Ali avait peur de rester coincé à l'intérieur. Ibrahim lui a dit en riant que ce serait bien la première fois qu'il aurait peur d'un frigo.

Hawa a choisi de venir avec eux. Elira n'avait rien dit. C'était toujours Hawa qui décidait pour elles deux. Elle avait peu à peu compris que, même si Elira avait parcouru des milliers de kilomètres pour venir jusqu'à Calais, même si son prénom signifiait celle qui est libre, elle n'avait jamais été seule, et n'avait jamais rien décidé elle-même. Le monde qui l'entourait lui était demeuré impénétrable, elle ne savait pas quoi en faire. Jusqu'ici, elle n'avait fait que fuir des ennemis. Et pourtant, elle était restée confiante en l'avenir. Quand Hawa l'avait défendue, la première fois, elle l'avait accueillie avec naturel, comme si elle l'attendait. Hawa aimait Elira et elle ne l'aurait jamais laissée tomber.

Ils se sont tapis à l'abri des arbustes lourds de pluie qui bordaient l'aire de repos pour observer les glissements orchestrés des camions venant de tous les coins du monde et transportant des tomates du Maroc, des ananas de Côte d'Ivoire, de la viande hongroise et de la bière tchèque vers le pays dont ils rêvaient depuis si longtemps, l'Angleterre. Hawa respirait l'odeur de l'essence, qu'elle aimait, en se disant que s'ils avaient été des tomates, la vie aurait été plus simple.

Tout près d'eux il y avait une veste accrochée à la branche d'un arbre, abandonnée. C'était peut-être quelqu'un qui avait réussi à grimper dans un poids lourd qui l'avait laissée là. Peut-être était-il déjà en Angleterre, lui. La veste sans forme devenait l'espoir d'un avenir meilleur.

Jawad a fait remarquer qu'on ne voyait jamais personne à l'intérieur des camions. On aurait dit des monstres de fer, qui avaient le droit d'aller partout.

Tout à coup les cheveux d'Hawa ont été attrapés par-derrière, elle a hurlé, les autres se sont levés d'un coup, mais seuls Elira et Ibrahim ont réussi à se sauver, les autres étaient déjà encerclés, elle se tordait pour échapper à l'homme qui la tirait en arrière mais elle ne pouvait pas beaucoup bouger parce que la poigne sur ses cheveux lui faisait mal. Milad n'osait rien faire face aux quatre hommes massifs, qui avaient le crâne rasé et portaient de gros gants de chantier, Hawa le regardait, le visage déformé par la douleur alors que l'autre lui tirait les cheveux, Milad a gueulé de la laisser partir. Un des hommes a sorti une petite flasque en plastique de Cointreau pour faire la cuisine, a bu une gorgée, et il a dit calmement que s'ils voulaient passer en Angleterre, ils devraient payer. Il a fait un signe de tête à celui qui tenait Hawa, qui l'a lâchée.

Ils avaient essayé des dizaines de fois de passer par leurs propres moyens en Angleterre, sur les toits des camions, sous les essieux, dans la cargaison, et jamais ils n'avaient eu à payer qui que ce soit, sauf le Kurde, qui avait arnaqué chacun d'eux au moins une fois. Milad a dit qu'ils ne voulaient pas d'un passage garanti, ils n'avaient pas assez d'argent pour ça. Ils voulaient passer seuls.

Mais l'homme a répondu que tout seul, ça

n'existait pas. Depuis que la jungle avait été rasée, les règles s'étaient durcies, il y avait désormais un droit d'accès au parking. Cinq cents euros chacun. Avec ça, ils auraient le droit à une semaine, passages illimités. Il n'y avait que le dimanche qu'ils ne travaillaient pas. Celui qui devait être son lieutenant a répété cinq cents euros la semaine, c'était le tarif.

Le chef l'a regardé comme s'il n'avait pas le droit de parler. Les camions passaient à tombeau ouvert. D'autres changeaient de vitesse et ralentissaient juste avant la station, et décrivaient un arc de cercle avant de s'arrêter tout près d'eux. Un peu plus loin, près d'une espèce de tour décorée de carreaux bleus et rouges surmontée d'une construction en fer, qui avait dû être des toilettes à l'origine et était devenue un quartier général, un homme faisait le guet.

Cinq cents euros, multipliés par six. Milad n'avait jamais vu autant d'argent. Il ne savait même pas comment il aurait pu payer cette somme.

L'Albanais a dit à Milad que lui, il saurait – mais sans en dire plus. Il a embrayé, avec ce tarif, ils pourraient essayer trois, quatre fois chaque nuit, pendant une semaine. Et ils ne leur donnaient pas seulement l'accès au parking. Ils leur montraient les camions qui étaient les mieux. Et si la police arrivait, ils les prévenaient.

De toute façon, s'ils ne payaient pas, ils ne rentreraient pas sur le parking, a dit le lieutenant au cas où ça n'aurait pas été clair. Milad, méfiant, a demandé quelle était la différence avec un voyage garanti alors, et l'autre a repris une petite gorgée de Cointreau en se foutant de sa gueule, ce n'était pas garanti, ils tenaient leur parking, ils leur donnaient juste le droit d'y venir. Ils ne connaissaient pas les chauffeurs. C'était à eux de se débrouiller pour monter dans les camions.

Le lieutenant les a toisés. Son jogging était déchiré aux genoux, son blouson était aussi sale que celui d'Ibrahim, ils devaient venir de la jungle eux aussi et squatter quelque part depuis son éva-cuation, mais il jouissait de son pouvoir précaire. Hawa baissait la tête, essayant de se faire aussi petite que possible. Elle savait que le moindre geste pouvait mettre sa liberté en danger. Ibrahim et Elira ne devaient pas être loin, ils la défendraient peut-être un peu, mais ils ne pourraient pas faire le poids longtemps face aux Albanais. À quelques dizaines de mètres, sur l'aire de repos, des hommes et des femmes circulaient entre les voitures et les camions garés et discutaient les tarifs du passage avec d'autres hommes qui ressemblaient à ceux qui les menaçaient. Elle sentait Milad bouillir de colère à côté d'elle. Il a essayé d'argumenter.

Cinq cents euros juste pour aller sur le parking, c'était trop, surtout s'il fallait en plus payer les chauffeurs, ou ceux qui fermeront les portes du camion.

Le chef est devenu plus ferme, ce n'était pas son problème, ce parking, c'était chez eux, c'était un bon parking, et s'ils voulaient aller ailleurs, ils n'avaient qu'à dégager.

Ils sont repartis sur la route, où Ibrahim et Elira les ont rejoints à quelques dizaines de mètres seulement. Il faisait encore nuit, et le froid affadissait les contours des camions qui filaient sur l'autoroute en projetant la lumière blanche de leurs phares éclatants. Au loin, des éoliennes tournaient, plusieurs mètres au-dessus du sol. Ils allaient sur un autre parking, celui d'un supermarché. Les trafics y étaient peut-être moins faciles à organiser. C'était leur dernière chance pour la solution la moins dangereuse : attraper un camion alors qu'il est presque à l'arrêt. Cette fois ils n'avaient pas peur de la police, ils allaient à la rencontre des passeurs.

Là, le tarif était de cinq cent cinquante euros par personne. Le Soudanais disait que leur réseau était plus sûr que celui des Albanais, et que c'est ce qui expliquait la différence de tarif. En plus, ce parking permettait une parfaite vue d'ensemble : si un camion arrivait depuis la Belgique, au loin, et passait par ici, c'est qu'il allait traverser à coup sûr. C'était le carrefour de l'Europe, a dit le Soudanais comme s'il avait fait la pub pour le supermarché. Leurs souffles étaient visibles dans le froid.

Milad a dit que c'était plutôt parce que l'aire avait été fermée plusieurs fois ces temps-ci, et qu'ils essayaient de gagner plus par passage. Mais de toute façon il s'en foutait de la raison. Ils ne pouvaient pas payer cette somme.

Le Soudanais a continué à vouloir les convaincre, à Beau Marais, la semaine d'avant, cinq Afghans s'étaient fait tabasser par des routiers roumains, et les Albanais n'avaient pas bougé. Il valait mieux payer un peu plus cher et avoir un vrai service. Eux, ils fermaient même la porte du camion derrière leurs clients.

Ibrahim a glissé à Milad que si au moins il y avait des passeurs afghans, ils auraient été plus en confiance, alors Milad lui a dit fermement de ne pas être aussi con que les autres.

Rien ne servait de s'énerver contre le Soudanais qui n'était qu'un gardien de parking. Ses chefs ne viendraient qu'à la nuit, après le départ des clients du supermarché. Un autre commerce débuterait.

Une fois revenus dans leur tanière au cœur de la jungle, à la nuit tombée, Milad a expliqué aux autres son plan d'attaque. Ils iraient revoir les Albanais, et ils demanderaient à négocier le prix. Il faudrait que ce soit Elira qui aille plaider leur cause. Dans leur langue, ils seraient peut-être plus faciles à convaincre.

Elira a mis un mégot dans sa bouche. C'était plonger sous une vague pour ne pas qu'elle vous submerge. Ou se jeter dans la gueule du loup. Si les Albanais étaient des passeurs, ils faisaient aussi du trafic, par exemple de filles. Leur parler, c'était risqué.

Hawa a demandé s'ils ne pouvaient pas plutôt essayer le tunnel. Milad a soupiré. Il n'y croyait pas. Il fallait profiter de l'évacuation de la jungle pour passer en camion. C'était la solution la moins dangereuse. Dans le tunnel, on allait tout droit en Angleterre, mais on risquait aussi d'être arrêté ou écrasé avant d'arriver au bout.

Elira avait dit d'accord, de sa voix rauque. Elle irait négocier.

Mais à peine avait-elle parlé qu'ils ont entendu des pas qui se rapprochaient.

Ils ont vu des lumières bleues tourner dans le ciel et des hommes en noir fondre sur eux. Ils ont voulu réagir mais c'était trop tard : des silhouettes avec des casques prenaient leurs affaires et les mettaient sous la pluie fine et forte qui trempait jusqu'à l'os. Ils ont essayé de protester, Milad a parlé, Ibrahim a foncé dans le tas et il est tombé sur un des hommes, Jawad s'est cabré, mais les hommes étaient beaucoup plus nombreux qu'eux et ils ne les écoutaient pas. Ils ont cherché à rassembler leurs sacs mais les hommes les poussaient dehors. Derrière eux, famélique, les yeux fixes et un drôle de sourire sur le visage, le fou de la jungle les regardait.

Et pour qu'ils comprennent bien qu'il y avait urgence à ce qu'ils s'en aillent et qu'ils ne reviennent pas, ils ont pris le sac de couchage d'Ali et ils l'ont brûlé sous leurs yeux. Le tissu synthétique se recroquevillait dans les flammes sans que la pluie puisse rien y faire, et les cendres voletaient et tourbillonnaient autour d'eux en flocons gris.

Elira a ramassé ce qu'elle pouvait de leurs affaires et ils se sont enfuis hors de la jungle.

Ils n'ont même pas vraiment su qui étaient ces hommes, policiers, gendarmes ou miliciens, seulement qu'ils voulaient les chasser.

Elira

Quand Hawa avait rencontré Elira, c'était le crépuscule et Elira paniquait. La nuit précédente, elle avait dû dormir dehors et des hommes avaient essayé de l'emmener de force dans leur tente. La pointe d'un couteau avait griffé sa peau, juste au coin de son œil clair, couleur de ciel. Sa terreur était tellement vive qu'Hawa la ressentait dans sa peau, comme si son corps se souvenait de cette sensation à la seule vue de ses yeux pleins d'effroi. Cette fille aux longues jambes de femme s'accrochait à son bras à la manière d'une enfant et la suppliait de ne pas la laisser seule dans le noir. Elle savait qu'Hawa n'avait pas peur des garçons et qu'elle leur tiendrait tête au besoin. Son corps était aux aguets, ses yeux hagards. Hawa aurait dû la laisser se débrouiller seule ou chercher de l'aide ailleurs, mais sans se l'expliquer elle était allée chercher un bénévole de l'association, pour qu'il fasse punir ces hommes, et qu'il demande qu'elle soit logée dans un container.

Elle a dû mentir sur son âge et dire qu'elle était majeure pour espérer avoir une place. C'était toujours pareil, elles étaient trop jeunes ou trop vieilles. Quant aux hommes, le bénévole n'avait pas réussi à savoir qui ils étaient : il y avait des milliers de personnes dans la jungle, et personne n'avait voulu parler.

Elira n'avait pas eu de place, alors l'homme de l'association lui avait donné un sac de couchage et l'avait conduite jusqu'à une tente bleue où plusieurs Albanaises dormaient ensemble. Avec les femmes, elle ne risquait rien. Hawa était retournée au container, un peu plus tranquille. Le ciel était lacéré de nuages fragiles comme du coton hydrophile effiloché.

Le lendemain Hawa avait trouvé Elira en pleurs. Le mari d'une des Albanaises était venu pendant la nuit, complètement soûl. Elle n'avait rien dit de plus, seulement montré son dos constellé de marques presque noires, ses jambes écorchées. Une fois encore, le langage n'avait servi à rien, et même un mot aussi simple que stop, qui était compréhensible dans toutes les langues, avait été inutile. Dans la jungle, on ne pouvait que manger, dormir, échanger son corps contre un repas, une douche ou un lit.

Hawa aurait voulu venger l'honneur de cette fille et la défendre, mais le bénévole avait des millions de choses à faire et les femmes albanaises avaient regardé leur compatriote d'un air las, parce que leurs corps à toutes portaient les ombres d'hommes inconnus qui en avaient profité. Une fois de plus, les adultes n'étaient pas fiables.

Hawa était allée chercher Milad. Cela faisait déjà quelques semaines qu'elle avait remarqué ce garçon aux allures de chanteur dans sa veste de cuir, toujours entouré de sa bande. Elle l'avait observé se comporter avec eux : il ne semblait pas les commander par la force, mais plutôt avec une autorité naturelle, grâce au respect qu'ils semblaient tous avoir pour lui. Leur tente était toute proche de la permanence des médecins sans frontières, et il leur servait d'interprète pour les Afghans du camp. Elle avait appris, en se renseignant sur lui, qu'il voulait devenir médecin et qu'il traduisait les paroles des autres pour voir travailler les docteurs de plus près.

Un jour elle l'avait vu obtenir justice pour un plus petit que lui. Et puis tous avaient besoin de médecins, de remèdes, de conseils, et avoir un traducteur était un atout. Personne n'avait intérêt à se mettre mal avec lui.

Elle était allée le voir, et lui avait expliqué la situation d'Elira. Elle lui avait demandé de les protéger. Il avait accepté de les abriter dans sa tente. C'était assez rare : généralement, ils se regroupaient par nationalité. Deux filles, une Européenne et une

Africaine, avec un groupe de garçons afghans, ce n'était pas banal. Mais c'était justement la particularité de Milad, de permettre à de telles choses d'exister. Il était au-dessus des habitudes et des a priori, et considérait qu'ils avaient tous la même histoire : ils voulaient une vie meilleure, comme tous les hommes sur la terre. Il disait que chacun avait son Angleterre, et pas seulement les migrants. Chacun avait besoin d'un espoir de changement.

Depuis ce jour, ils avaient été ensemble. Ibrahim avait fait quelques réflexions sarcastiques sur les Albanais, qui étaient souvent des passeurs – eux n'avaient pas de chance, leur seule connaissance albanaise n'était pas un passeur, mais au contraire une fille qu'il fallait protéger. Milad lui a dit qu'il se trompait. Parfois les filles étaient très utiles.

Hawa l'avait regardé fixement : qu'il ne s'avise pas de se servir d'elles. Alors Milad avait interdit aux garçons de les toucher, pour que les choses soient claires, une bonne fois pour toutes. Lui-même avait l'air d'avoir un seul désir : aller en Angleterre avec son frère, et pouvoir étudier la médecine. Il ne semblait s'intéresser à rien d'autre.

Hawa s'était prise à le regretter. Elle aimait quand il posait son regard sur elle.

Elira était partie de chez elle pour échapper à son père. Un matin très tôt, elle avait emmené son chien et elle avait taillé la route. Elle n'avait dit au revoir à personne, et de toute façon tout le monde s'en foutait, tout le monde savait ce qu'il lui faisait subir, sa mère, ses amies de l'école, et personne ne disait rien. Elle avait marché tout droit devant elle jusqu'à la ville. Là, elle avait cru avoir de la chance quand une dame l'avait recueillie. Monica l'avait logée, avec son chien, pendant trois semaines, elle s'était occupée d'elle, elle lui avait donné de nouveaux vêtements plus chauds, elle l'avait emmenée chez le coiffeur, elle lui avait cuisiné des soupes et des plats en sauce. Monica connaissait des hommes qui allaient à l'Ouest et qui pourraient peut-être l'aider. Elle serait employée là-bas, tout en pouvant retourner à l'école. Elle avait vraiment eu beaucoup de chance de l'avoir rencontrée. Après trois semaines, Monica lui avait dit que ce serait mieux si elle pouvait lui payer le loyer avant la fin du mois, et Elira avait été ennuyée parce qu'elle ne savait rien faire. Monica avait proposé qu'elle passe la nuit avec un ami à elle. C'était simple, presque pratique, ainsi présenté par Monica. Elira ne voulait pas la perdre. Elle n'avait que quatorze ans et ne savait pas quoi faire d'autre, elle ne voulait pas que la police la trouve et la ramène chez elle.

Les amis s'étaient succédé, de plus en plus nombreux, parfois une quinzaine dans la journée. Les jours suivaient les nuits et Elira ne sortait plus jamais de l'appartement. Les clients ne manquaient jamais, et même quand elle avait le visage abîmé par les coups ou qu'elle tenait à peine debout, elle avait du succès. Même quand elle ne pouvait plus s'asseoir elle recevait encore des clients, Monica disait qu'elle pouvait toujours les sucer. Elle s'était mise à boire et à prendre les antidouleurs que Monica lui donnait pour ne plus avoir mal à son sexe gonflé.

Un jour, ils lui avaient dit qu'elle allait partir à l'Ouest et elle avait su qu'ils ne s'embarrasseraient pas de son chien. Elle s'en foutait de son corps, mais son chien était tout pour elle, alors elle s'était échappée. Comme elle n'avait jamais essayé de le faire ils ne s'étaient pas méfiés.

Mais elle avait peur qu'ils la retrouvent et qu'ils la tuent.

Alors elle avait recommencé, mais cette fois dans un bordel où on la payait au nombre de clients. Cinq euros la passe, quand le passage à l'Ouest en coûte dix mille, c'est vite fait. Elle ne savait même pas dans quel pays elle irait. Tout ce qui comptait, c'était sortir d'Albanie et ne plus tomber sur Monica ou ses associés.

Elle avait presque quinze ans, la vie devant elle.

Son chien avait quand même été tué, à coups de pierre, par les passeurs qui ne voulaient pas qu'il fasse du bruit. Il avait hurlé longtemps avant de se taire complètement. Elle avait juré qu'elle passerait à l'Ouest, et que plus aucun homme ne la toucherait.

94

Elle ne savait pas encore que l'un n'allait pas sans l'autre.

Quand elle y pensait elle buvait toute la nuit, elle disait que ça endormait les souvenirs, et alors il lui arrivait du mal, comme la nuit où Hawa l'avait rencontrée. D'autres fois elle semblait transparente, on aurait dit qu'elle était transportée ailleurs et que rien de ce qui pouvait arriver ne lui importait, alors Hawa avait envie de l'attraper par le bras pour la ramener sur terre et qu'elle ne flotte plus, pour qu'elle sente le poids de son corps, un si beau corps et un si beau visage, faits de chair et de sang, qu'elle se sente lourde et qu'elle se réjouisse d'être en vie. Cela faisait tellement longtemps qu'elle n'avait compté pour personne, que personne ne s'était inquiété pour elle, qu'elle en avait conçu une amitié indéfectible pour Hawa. Elle l'aurait suivie jusqu'au bout du monde – celui-là ou un autre.

Ils sont repartis, dans la nuit, aux aguets, craignant la police, craignant les migrants, craignant de revoir les hommes aux cagoules ou aux casques, à l'affût d'un trou pour se cacher, puisqu'ils n'avaient plus d'abri. Lorsqu'ils apercevaient une silhouette de l'autre côté des barrières ils se terraient derrière un talus parce qu'ils ne pouvaient jamais savoir si elle voudrait les aider ou les chasser. Jawad vacillait sur ses jambes, il ne voulait plus marcher.

C'est lui qui a remarqué le premier la dalle de béton entrouverte sur des grilles de fer, alors que le soleil se levait. C'était un abri pour les égoutiers où personne n'aurait jamais l'idée de les chercher, juste avant la sortie du périmètre de la jungle. Ils n'étaient pas trop loin des départs de camions, mais assez pour que la police ne les trouve pas. Une échelle rouillée descendait à pic sur une espèce de couloir gris qui sentait une drôle d'odeur. Ibrahim a dit que l'Iran, c'était comme ça. Et seuls Ali et Milad se sont marrés.

Mais après un temps, Elira a dit que l'Albanie c'était comme ça aussi, et ils ont tous rigolé, encore plus fort, parce que chacun d'entre eux savait ce que c'était qu'être dans la merde. Même Jawad.

Ils étaient encore dans la jungle, mais sous la terre ils avaient moins de chances d'être repérés. Chacun s'est mis à sa tâche, Ali, Ibrahim et Elira sont partis chercher à manger et à boire, Milad, Jawad et Hawa ont installé le campement, déblayé le sol, démonté des bouts de palettes pour en faire un plancher qui ne se laisserait pas détremper, arrangé des tissus pour faire une sorte de matelas, où ils ont empilé des couvertures et les sacs de couchage de chacun, avant de les recouvrir de larges couches de sacs en plastique pour les préserver au maximum de l'humidité qui imprégnait tout. Dehors, ils ont mis des parpaings séparés par un espace juste assez grand pour faire tenir une casserole, posé le bout de bidon dessus, et ils ont découpé ce qui leur restait de palettes pour en faire du petit-bois. Milad a prévenu qu'ils ne feraient du feu que pour faire chauffer la nourriture, de temps en temps, une fois la nuit tombée. Il a ajouté en fixant Ibrahim que maintenant qu'ils avaient tout aménagé dans ce nouvel abri, ils devraient vraiment faire en sorte de ne pas faire de bruit, encore moins que dans le box à chevaux. Ali a rougi, en serrant son sac contre lui. Jawad a toussé, de plus en plus creux, et son frère l'a engueulé, il devait penser à ne pas se refroidir, s'il y avait des patrouilles il devait pouvoir se retenir de faire du bruit. Il lui a dit de se mettre dans son sac de couchage.

Le petit a obéi, et il s'est endormi aussitôt, épuisé.

Le bruit de la pluie contre la plaque de tôle qui recouvrait partiellement le trou avait aussi sur Hawa un effet soporifique. Ils avaient à nouveau un endroit pour vivre, à l'abri. Et même si elle était mal à l'aise dans ces vêtements qu'elle ne quittait jamais et qu'elle portait toute la journée et toute la nuit, elle se sentait en sécurité avec Milad. De toute façon elle avait de plus en plus de mal à différencier les jours.

Elira, Ibrahim et Ali sont revenus, ils n'avaient pas réussi à trouver grand-chose à manger, il ne restait presque plus rien dans ce qui était désormais une lande, ou une jungle déboisée. Les dernières pelleteuses avaient fait leur travail. Mais dans les poubelles des containers ils avaient trouvé trois boîtes de conserve, deux de raviolis en sauce et une de salade de fruits.

Ils ne l'avaient pas dit à Milad, mais ils s'étaient rapprochés des containers malgré son interdiction. Ils avaient oublié une des règles de base parce qu'ils étaient prêts à tout pour manger. Ils avaient entendu des voix d'enfants et n'avaient pas pu résister à l'envie de s'approcher. Ils avaient vu des mineurs dans la cour près des bâtiments blancs, qui riaient. Mais un homme les avait aperçus et avait essayé de les pister en voiture. Peut-être qu'il avait vu où ils se cachaient.

L'humidité était constante. Jawad s'est réveillé, il toussait et reniflait la morve qui lui pendait au nez. Son frère lui a passé la boîte où il restait du jus sucré. Hawa remuait ses orteils engourdis dans ses chaussures pour essayer d'y faire venir un peu de chaleur.

Aucun d'eux n'avait la somme suffisante pour payer les Albanais.

Milad a regardé Ali, qui contemplait l'ouverture au ciel. Il avait peut-être encore de l'argent caché quelque part, mais il ne partirait jamais tout seul. S'il en avait assez pour deux, il le dirait maintenant.

Sentant Milad le scruter, Ali a dit avec amertume que s'ils ne l'avaient pas tous volé, il aurait eu assez pour deux passages, voire pour trois – et en disant cela, il a fixé Milad.

Personne n'a proposé de lui rendre son fric. Milad a émis un grognement en guise d'excuse.

Les autres n'avaient pas assez, Milad en était sûr. Ils avaient faim, ils avaient froid, ils étaient fatigués. Ils payaient leur liberté à chaque seconde qui passait.

Elira a dit que maintenant qu'ils allaient dormir dans un espace encore plus réduit, il fallait qu'ils trouvent un endroit pour se laver, sinon ça allait devenir intenable.

Ibrahim a alors dit, le regard plein d'effervescence, qu'ils pourraient essayer d'aller dans le château d'eau. Il y était allé une fois, il savait comment y entrer.

Hawa a mis dans sa poche le bout de savon qu'elle avait gardé précieusement, et ils ont marché à travers la zone industrielle des dunes, déserte, jusqu'à la station Shell où ils avaient fait le guet quelques heures auparavant, puis ils ont bifurqué vers la tour en béton. Ibrahim a sauté par-dessus la grille et il les a fait passer un à un de l'autre côté. L'endroit n'était pas surveillé, il n'y avait rien à voler. Ils sont montés par l'escalier intérieur, et ils ont finalement débouché devant la cuve tout en haut. L'eau se reflétait sur les courbes de béton armé dans un léger bruit de remous.

Elira s'est mise en tee-shirt, un maillot de foot aux rayures rouges et noires, et elle est entrée dans l'eau qui arrivait d'une sorte de champignon en fer. Le bout de ses seins a durci sous le tissu et Hawa a détourné les yeux, et les garçons aussi, mais avant Hawa a vu leurs regards hypnotisés. Hawa lui a demandé si l'eau était froide, et elle a dit glacée, mais les garçons se sont mis en slip et l'ont suivie, et même Hawa s'est jetée à l'eau, avec la dernière couche de ses vêtements. Leurs cheveux se raidissaient dans le froid, l'eau laissait des traces dans la poussière de leurs visages, ils étaient pâles et frissonnants. Milad a laissé Jawad entrer dans l'eau malgré son rhume. Hawa fermait les yeux à sentir le contact de l'eau et se laver, pour une fois, sur le carrelage bleu qui aurait pu être celui d'une piscine s'il avait été moins rouillé. Elle a frotté fort sa peau qui rougissait. Ça sentait bon. Milad a mis la tête d'Ibrahim sous l'eau jusqu'à ce qu'il se débatte avec des gestes désarticulés, et qu'il se fatigue vraiment, à bout de souffle. Ali et Jawad étaient contents de voir un des grands se prendre une bonne grosse honte, alors ils leur ont pris leurs habits et ont fait semblant de partir avec, et tous se sont mis à crier à la manière des moutons qu'on égorge, alors ils ont fait demi-tour en riant, et ils ont fait semblant de lancer leurs habits à l'eau, pour les faire crier un peu plus.

C'est à ce moment-là que des hommes sont arrivés, furieux, en gueulant de rage.

Milad et les autres sont sortis direct, ils ont dévalé les escaliers, ils ont couru à moitié nus hors du bâtiment et ils ont réussi à escalader les grillages, ils ont couru le long de la route, haletants, frissonnants, projetant leurs pieds aussi fort que possible pour échapper aux hommes qu'ils entendaient gueuler après eux, couru sans faire attention aux voitures qui les doublaient en klaxonnant et risquaient de les écharper au passage, leurs pieds frappant l'asphalte, couru sur deux kilomètres, et ils ne se sont vraiment arrêtés de courir qu'en arrivant à leur trou où ils se sont glissés comme dans un terrier.

Ils sont partis dans un fou rire, parce qu'ils se revoyaient, courant tous les six à moitié nus avec leurs habits dans les bras, et parce qu'ils étaient soulagés d'avoir échappé aux hommes qui les poursuivaient. Ils étaient frigorifiés, trempés, mais hilares. Milad a peigné ses cheveux en arrière, ils brillaient, lisses. Il a croisé le regard d'Hawa, et lui a souri. Hawa a eu un rire de petite fille. Elira les a observés, l'air soupçonneux. Jawad avait les cheveux mouillés, et il toussait creux. Milad lui a frotté la tête avec son pull.

Ce soir-là, ils n'avaient plus l'impression de traîner, dormir, attendre entre deux camions comme tous les autres jours depuis qu'ils étaient à Calais. Ils étaient totalement épuisés, mais ils se sentaient propres, ils avaient un abri, ils étaient ensemble. Milad était allongé, les yeux fermés, écoutant la pluie dégringoler au-dehors, les mains derrière la tête pendant que son petit frère jouait à faire des tours avec des cailloux jusqu'à ce qu'elles soient si hautes qu'elles s'écroulent. Ali boulottait un morceau de pain avec un sucre. Elira regardait le petit carré de ciel sombre qui se découpait en tableau sur le mur. Hawa curait la crasse sous ses ongles. Elle s'est dit qu'elle n'avait pas parlé avec un autre être humain que ceux du groupe depuis au moins sept jours. Il n'y avait plus que des créatures métalliques et des animaux autour d'eux. Ils détendaient leurs muscles et profitaient d'être au chaud dans leur tanière. Ils reprenaient des forces.

Alors Milad a dit qu'il fallait se préparer à partir. C'était l'heure des camions.

À minuit ils étaient tous les six sur le parking, accroupis derrière des buissons noirs dont les branches frôlaient leurs têtes sans qu'ils y prêtent attention, alors que le moindre mouvement sur le parking, le moindre bruit les faisait réagir. Ils avaient toutes leurs affaires dans des sacs, et ils avaient marché longtemps. Hawa avait trois pantalons les uns sur les autres, et cinq pulls sous sa parka. S'ils montaient dans un camion frigorifique, il allait faire encore plus froid que dans leur trou.

Elira a parlé aux Albanais d'un air méfiant. Elle a dit plusieurs fois non. À un moment, le chef les a désignées toutes les deux, Hawa et elle, et Elira a dit non. Le gros a rigolé. Elle est revenue vers Milad, ils acceptaient de baisser le prix. Cinq cents euros pour le groupe, cent chacun, et gratuit pour le petit. Tarif de groupe, mais payable d'avance. S'ils ne passaient pas, l'argent était perdu. Chacun son tour, ils ont sorti de leur poche l'argent qu'ils avaient volé à Ali.

Ibrahim a ricané en le remerciant, mais les autres n'ont rien dit. Ils ne l'ont même pas regardé.

Ils devraient attendre derrière les buissons où ils s'étaient cachés. Ils repéreraient un bon camion, un avec les parois en tôle, ou un frigorifique. Le lieutenant les sifflerait, et il faudrait se tenir prêts. Il faudrait courir vers le camion, le lieutenant ouvrirait la porte. Il y aurait des étagères, de chaque côté, ils monteraient comme sur une échelle et ils se mettraient tous à gauche. Les plus agiles et les plus grands iraient au fond. Le petit irait devant. En cas de problème il serait évacué plus vite.

Le lieutenant a demandé s'ils avaient un portable. Ibrahim a montré son téléphone. L'autre s'est foutu de sa gueule, c'était sûr qu'avec un portable pareil il ne pourrait pas appeler l'étranger, mais il devait pouvoir appeler les numéros d'urgence. Ibrahim a hoché la tête. D'habitude il était plutôt fier de son appareil, il faisait même des photos.

L'Albanais a dit que s'ils voyaient que quelque chose ne se passait pas bien, il fallait composer le 18, le numéro des pompiers. Certains appelaient en Afghanistan ou ailleurs pour dire qu'ils n'avaient plus d'oxygène, et quand les pompiers arrivaient, c'était trop tard.

Milad a acquiescé. Il a eu un léger coup d'œil vers son frère.

Hawa a demandé comment ils sauraient où ils étaient, pour le dire aux pompiers.

L'homme ne l'a pas regardée, sa parole ne comptait pas.

Milad a répété la question. L'homme a dit que les pompiers, eux, le sauraient.

Ils se sont postés derrière leur buisson. Jawad a demandé ce qu'était l'oxygène. Personne n'a répondu. Milad lui a dit de ne pas s'inquiéter. Il savait que Jawad avait un mauvais souvenir de leur voyage en camion à travers l'Iran. Il lui a dit que dans le camion, il ferait plutôt froid que chaud. Le petit a eu l'air tranquillisé, mais il a quand même demandé si ça durerait longtemps. Milad n'en savait rien. Il espérait que non. Jawad a toussé. Son frère a mis un doigt sur ses lèvres pour lui demander de faire moins de bruit. Il fallait qu'il s'entraîne, dans le camion il faudrait aussi rester silencieux.

Le lieutenant a sifflé, et il a désigné un trente-six tonnes blanc qui se dirigeait vers la bretelle de sortie. Ils ont couru en grappe vers le poids lourd qui ralentissait pour laisser le passage aux autres camions, le lieutenant en a profité pour ouvrir la porte avec des gestes brusques et assurés, Ibrahim a grimpé dans la remorque, puis Milad. Le camion a commencé à accélérer. Peut-être que le routier les avait vus. Hawa allait monter quand elle a vu que Jawad n'y arriverait pas, elle l'a attendu pour le pousser dans le dos, mais Jawad a dérapé, Milad a cherché à l'attraper depuis le camion, et un instant Jawad a failli grimper, mais après un moment de suspension il a lâché son frère, et il est tombé. Il s'est brutalement cogné la tête par terre.

Milad a sauté du camion.

Ibrahim a hésité un instant, au bord de la plate-forme, la porte battant l'air, il a failli tomber à son tour et s'est raccroché à la cargaison, il a jeté un œil vers Milad et les autres et puis il s'est décidé, il est entré à l'intérieur de la remorque.

Le camion s'éloignait.

Le chauffeur a klaxonné furieusement. La porte à l'arrière était ouverte, et le camion continuait à rouler. Ibrahim était resté à l'intérieur. Il se ferait contrôler à un moment ou à un autre, et il n'arriverait peut-être jamais en Angleterre. On ne le voyait déjà plus.

Hawa et Milad étaient penchés sur Jawad. Le petit avait une bosse blanche sur presque toute la largeur de son front. Il était sonné, mais conscient. Ils l'ont relevé, le soutenant chacun sous un bras, et ils ont rejoint Ali qui les attendait sur le bas-côté.

L'Albanais est arrivé en leur gueulant dessus, et Milad s'est pris un coup dans la tête, direct, mais il n'a rien dit. L'autre leur a demandé ce qu'ils avaient foutu, Milad a montré son frère d'un coup de menton, il était tombé. L'Albanais s'est mis encore plus en colère, ils voulaient bien leur faire un prix mais si c'étaient des abrutis c'était tant pis pour eux, ils n'allaient pas perdre leur temps avec des gosses. S'ils n'étaient pas capables de s'organiser, et de partir tous en même temps quand on les sifflait, ils les chasseraient du parking, il y en avait d'autres qui attendaient leur place. Il a incendié Milad, c'était à lui de déterminer dans quel ordre ils montaient dans le camion, et de décider de laisser se démerder celui qui tombait.

Milad a dit que c'était son frère.

L'autre n'a rien répondu.

Tout à coup ils ont entendu des hommes gueuler quelque chose en albanais, et Elira a crié de se mettre à l'abri.

C'était trop tard. Un groupe de Soudanais venait d'arriver, et ils lançaient des pierres contre les Albanais. Immédiatement deux groupes se sont mis face à face, en ordre de bataille.

Le chef ne faisait pas partie des combattants, un homme est venu le chercher et il s'est mis à l'abri dans une Mercedes.

Et puis tout à coup on a entendu un coup de feu. Il venait de ressortir de la voiture, un fusil dans les mains, et il visait les Soudanais.

Les Soudanais ont lâché les pierres.

Les Albanais en ont attrapé un et ils se sont mis à le tabasser à cinq, à coups de pied et de poing, l'homme hurlait, son visage était en sang.

Les autres sont partis en courant.

Milad et les siens en ont profité pour déguerpir, ils savaient qu'ils risquaient d'être pris pour des guetteurs travaillant pour le compte des Albanais, et qu'ils pouvaient être battus ou dépouillés par les Soudanais. Jawad poussait de petits gémissements en courant, et on ne savait pas s'il avait mal ou s'il pleurait, il se tenait la tête. Les sirènes des voitures de police se faisaient déjà entendre. Ils couraient, et l'angoisse leur collait aux jambes, ils couraient, et Hawa se disait qu'ils n'y arriveraient jamais, et Milad pensait qu'ils n'arrêtaient jamais de courir, qu'ils avaient parcouru des milliers de kilomètres et que le voyage allait s'arrêter là, à trente-trois kilomètres de l'arrivée, ils allaient finir par se faire prendre et renvoyer dans les pays qu'ils avaient fuis. Ils couraient en animaux traqués qu'ils étaient.

Tout le monde serait embarqué et emmené au tribunal, et peut-être emprisonné, mais demain d'autres viendraient, prendraient le relais des Albanais sur la même aire de repos et des Soudanais sur le même parking, tandis que d'autres arriveraient d'Afghanistan, d'Éthiopie ou d'Europe de l'Est en espérant traverser la mer tout près, jusqu'à ce qu'une bataille éclate encore pour une lutte de territoire et que les hommes s'éparpillent dans la nature. Partout, dans d'autres parties du monde, des hommes arrivaient pour survivre et se retrouvaient à courir, pourchassés par d'autres qui ne voulaient pas d'eux.

Une fois hors de portée, ils se sont arrêtés, essoufflés. Hawa a sorti la bouteille d'eau de son sac, elle a dévissé le bouchon et ils ont bu les uns après les autres, debout. Elira a dit que ce pays était vraiment un pays de merde, où ils perdaient leur temps, où ils perdaient leur vie. Ils n'ont rien répondu. Ils ont repris un coup d'eau. Et puis au lieu de laisser paraître leur découragement ou leur inquiétude, ils ont recommencé à marcher, le long de la route, secouant la tête de temps en temps tellement ils ne croyaient pas ce qui leur arrivait. Ils ont pensé à Ibrahim, qui roulait vers le port, et qui était peut-être déjà sur un bateau. Milad regardait le visage de son frère, creusé, marqué par une bosse aussi grande que son front, et il sentait la colère monter en lui. Jawad n'allait peut-être pas tenir.

Il cherchait quelque chose à dire mais il ne trouvait rien. Il aurait voulu lui parler dans sa langue mais il ne savait plus.

Et puis il a dit à Jawad qu'il était désolé qu'ils n'y soient pas arrivés.

Le petit a répondu qu'il n'avait pas à s'excuser. C'était lui qui était tombé. C'était sa faute.

Milad a regardé droit devant lui. Ce n'était la faute de personne ou alors de la chance, qui ne voulait pas être de leur côté.

Le petit a admis que la chance avait déjà beaucoup à faire.

Milad a acquiescé.

Il a regardé Jawad, si petit, si frêle, et il lui a demandé pardon, et il lui a promis qu'ils allaient y arriver. Ce n'était pas qu'il était sûr qu'ils allaient s'en sortir. C'était juste que malgré le froid, malgré la peur et les échecs, il l'avait, lui. Son petit frère.

Cette fois, Milad ne cherchait pas à marcher en tête du groupe. Il avait laissé les autres le dépasser. Hawa a jeté un œil en arrière, et elle a ralenti elle aussi. Ils se sont retrouvés à marcher côte à côte. Milad a saisi sa main. Hawa a senti la paume chaude, pleine de vie, du garçon. Elle l'a laissé faire, parce qu'elle aussi avait besoin de lui. Ailleurs, d'autres groupes d'enfants marchaient ensemble dans d'autres déserts, dormaient ensemble dans d'autres cabanes, sous le même soleil et la même nuit.

Et d'autres enfants s'écroulaient et mouraient dans d'autres déserts encore. La terre était déserte, et le ciel aveugle.

Alors il l'a attirée vers lui, et il a voulu embrasser ses lèvres pleines de jeunesse et de vie, mais Hawa s'est dégagée immédiatement, elle ne pouvait pas, elle avait retrouvé soudainement la sensation des bouches s'écrasant sur la sienne, des torses lourds qui pesaient sur sa poitrine tandis qu'une main fourrageait dans sa blouse, des hommes qui l'avaient prise à tour de rôle dans des décors aussi miteux les uns que les autres et qui n'avaient pas réussi à détruire tout à fait l'enfant qu'elle continuait à être. Elle a rejoint Elira, qui a eu un rictus.

Milad s'est mordu la lèvre. Il a baissé la tête, et a poursuivi son chemin en rejoignant les autres, comme si rien ne s'était passé.

Ils ont continué, sous leurs capuches, à travers la plaine battue par le vent.

À vingt mètres de leur abri d'égoutier, Elira s'est arrêtée net, elle a attrapé Hawa par le bras et mis un doigt sur ses lèvres.

Trois adolescents entouraient l'égout, en sentinelles, et d'autres devaient déjà être installés à l'intérieur. Ils ont compris que le trou n'était plus à eux.

Elira a demandé si c'étaient des Afghans. Milad n'a pas eu le temps de lui répondre, deux garçons trapus leur sont tombés dessus en hurlant, et leurs collègues sont arrivés presque aussitôt, s'y mettant à plusieurs contre un, puis deux, Milad a rendu les coups qu'il recevait, tout en gueulant à Jawad d'aller se cacher. Hawa essayait de l'emmener plus loin avec elle mais Jawad voulait se battre, il dressait ses poings ridicules face à un garçon qui le dépassait de deux têtes et qui l'a envoyé valser. Ali, lui, s'était mis en boule par terre. Un grand maigre a tapé de toutes ses forces sur la tête de Milad avant de lui enfoncer son genou dans les côtes, Milad a cherché à se défendre mais l'autre lui a défoncé l'arcade, il ne voyait plus de l'œil gauche qui pissait le sang, Elira se protégeait le visage mais elle a pris une claque et sa lèvre a éclaté, tandis qu'Hawa donnait un coup de tête à un garçon aux cheveux bouclés qui se léchait l'arrière de la main, il avait mal mais il l'a attrapée par les cheveux et l'a fait tomber à terre, Milad a reçu un coup de pied dans le ventre, et il essayait de reprendre son souffle quand un garçon a sifflé pour dire aux attaquants de se calmer.

Milad était amoché, un cerne gris formait une ombre autour de son œil gauche qui continuait à saigner, Hawa se tenait les reins, Elira le visage, à deux mains, Ali était sonné, il a laissé échapper un grognement. Et sur le pantalon de Jawad, entre ses jambes, une tache noire s'élargissait comme un nuage.

Chef

Le chef des Égyptiens était entouré par cinq autres garçons aux habits presque semblables, et aussi sales les uns que les autres. Lui seul avait une parka arborant fièrement en lettres bleues la marque « Armina ». Il s'est dirigé vers Milad sans hésitation, en faisant un léger signe aux autres, leur signifiant de rester en arrière. Il ne tenait pas en place, et semblait trépigner en permanence. Hawa essayait de nettoyer le sang qui séchait sur le visage d'Elira, ses mains engourdies par les coups qu'elle venait de donner ou ceux qu'elle avait reçus, elle ne savait plus. Il leur a demandé ce qu'ils voulaient. Milad lui a dit que c'était leur abri. Ils étaient partis pour essayer de prendre un camion, mais ils étaient revenus.

L'autre a passé sa main dans ses cheveux très noirs, courts sur les côtés et longs vers l'arrière, et il a pris un air ennuyé en tirant sur sa cigarette roulée. Il aurait fallu que l'un d'entre eux reste là, s'ils voulaient revenir. Milad lui a dit d'arrêter de jouer au malin. Il savait bien qu'ils avaient essayé de passer en Angleterre, qu'ils n'avaient pas réussi, et qu'ils devaient dormir quelque part. Les autres étaient six. Milad a dit que s'ils se tassaient ils pouvaient tous tenir à l'intérieur. Au moins ils auraient chaud. De toute façon le lendemain ils réessaieraient de partir.

Le garçon a jaugé leur groupe. La pluie piquait le visage de Milad, ses plaies, ses lèvres enflées et son arcade ouverte. Il savait qu'à eux cinq, ils ne faisaient pas le poids. Sa bande était minable. L'autre a ricané qu'il ne voulait pas d'un petit qui pissait dans sa culotte. Ses hommes ont éclaté de rire, tandis que Jawad, ayant vu les regards se porter sur son entre-jambe, baissait la tête, honteux. Milad a dit avec défi, à nouveau, que c'était son frère.

L'autre l'a regardé avec plus d'intérêt. Il continuait à fumer sa cigarette qui commençait à lui brûler les doigts. Il a demandé ce que Milad allait lui donner en échange.

Un éclair est passé dans les yeux de Milad. Ils n'avaient rien, mais ça faisait longtemps qu'ils étaient là, ils pouvaient leur apprendre des trucs.

L'autre a fait une grimace, mais Milad a continué.

Ils pouvaient leur dire où attendre les camions, combien ça coûtait, ce qu'il fallait pour le voyage.

Pourquoi, pour monter dans un camion, il fallait deux bouteilles chacun, une pleine et une vide.

Le garçon n'a pas répondu. Milad a marqué un temps avant de reprendre, puis il a dit que c'était pour pisser dans la deuxième, parce que si le camion était coincé quelque part et qu'on étouffait, on pouvait boire sa propre pisse et éviter de crever déshydraté comme les soixante Chinois qui étaient morts dans un camion de tomates hollandais, écrabouillés les uns par les autres au milieu des cageots.

Le garçon a eu une légère fixité dans le regard. Milad a vu qu'il avait tapé juste.

Il a demandé s'il n'y avait pas d'adulte avec eux, pas de passeur, tout en détaillant Elira et Hawa, puis s'ils avaient à manger. Ali a ouvert le sac, il leur restait quelques conserves, alors le garçon a eu à peine un regard en arrière et il a dit à ses hommes de les laisser entrer. Ils allaient passer la nuit tous ensemble.

Milad s'est avancé vers lui en lui tendant la main, et il a dit qu'il s'appelait Milad.

L'autre s'appelait Chef.

Chef venait des faubourgs d'Alexandrie, où il avait dirigé une bande de voleurs des rues jusqu'à ce qu'il amasse assez d'argent pour pouvoir monter sur un bateau pour l'Italie. Douze jours de mer, sur une barque pourrie, dont la coque était tellement abîmée qu'elle pouvait rompre à chaque instant sous la pression des vagues. Après sept jours ils n'avaient plus ni à manger ni à boire. Ils avaient bu de l'eau de mer. Alors l'odeur du moisi avait été remplacée par celle du vomi.

Ils savaient tous de quoi il parlait.

En Italie, il avait rejoint un ami qui lui avait prêté le prix du billet de train pour Calais. Il était rusé, malin, doué pour le commandement, mais il n'avait quitté l'Égypte que peu de temps auparavant et son regard laissait parfois voir une faiblesse, une fragilité ou une déception – la désillusion avait commencé à s'accrocher à son dos.

Ils s'étaient assis tous les cinq, raides comme des invités dans ce qui était encore quelques heures plus tôt leur abri. Chef avait posé son couteau à côté de lui, en signe de paix ou d'avertissement.

Milad avait dit le prénom de son frère.

Chef avait hoché la tête. Chacun s'était alors présenté.

Coyote, un grand maigre aux joues creuses et aux yeux étirés.

La Hyène, celui qui paraissait le plus vieux.

Les jumeaux, qui devaient avoir à peine treize ans.

Cheval, un beau garçon aux yeux immenses.

Les filles ont dit leur nom mais n'ont pas tendu la main. Hawa s'est assise près de l'entrée du trou, mal à l'aise, et Elira est restée debout, adossée à l'échelle rouillée, passant machinalement sa langue sur sa lèvre éclatée.

Ils ont ouvert les boîtes de conserve qu'il leur restait, et ils se sont tous jetés sur la nourriture, en criant, se poussant, reniflant, maigres et tendus vers un seul objectif, et si Milad n'avait pas gardé la moitié de sa part pour son frère, Jawad n'aurait rien eu. Ali mangeait avec encore plus de précipitation, après cette émotion forte, la morve au nez sans y faire attention, trop faim. Hawa les regardait dans la nuit, et elle s'est dit que les Égyptiens ne devaient plus avoir de provisions et qu'ils étaient bien contents de les avoir vus arriver. Ils avaient fait un feu, malgré les avertissements de Milad. Chef l'avait décidé, il avait dit qu'il n'y avait plus de contrôle dans la jungle depuis deux jours au moins, tout était vide. Milad avait cédé. Ils se sentaient plus en sécurité, depuis qu'ils étaient plus nombreux.

Milad a raconté, avec des gestes et des mots qu'ils comprenaient tous, ce qui leur était arrivé sur le parking, mimant le camion, comment ils avaient bondi à l'arrière, Ibrahim qui avait réussi, la bataille des mafias qui les avait fait fuir, et les autres approuvaient, criaient, soupiraient. Même si les Égyptiens étaient là depuis bien moins longtemps que ceux

119

de la bande de Milad, ils avaient eux aussi essuyé plusieurs revers en voulant passer la frontière. Chef a relevé ses manches pour s'occuper du feu, et Milad a vu de larges cicatrices sur ses avant-bras.

Il a demandé ce que c'était. Chef a dit que c'était un souvenir d'Italie.

Milad a alors désigné le bout des mains de Chef. Il avait remarqué que chacun des garçons avait des petits traits verticaux sur la pulpe des doigts.

Chef lui a expliqué que c'était pour qu'on ne puisse pas prendre leurs empreintes digitales. Comme ça, ils étaient tranquilles. Ils choisiraient eux-mêmes l'endroit où ils voulaient vivre.

Il lui a montré comment ils faisaient. Il a trempé un boulon monté sur un fil de fer dans le feu, l'a chauffé à blanc, puis il a brûlé la chair du bout de son doigt en se l'appliquant, à petites pressions, jusqu'à ce que sa peau soit hachurée de pointillés gris. C'était insupportable à regarder, et ça sentait la viande grillée, Hawa a détourné la tête. Jawad, lui, ne pouvait pas détacher ses yeux écarquillés du métal qui brûlait les doigts de Chef, qui a ajouté que quelquefois ils le faisaient aussi au rasoir. Cheval a montré son pouce où le pus suintait et puait, en disant que la méthode du boulon rougi dans les braises était plus sûre que le rasoir, dont la plaie pouvait s'infecter.

Ils avaient tous payé cher leur passage en Europe, et les jumeaux étaient même endettés auprès d'un Égyptien vivant en Angleterre, qui augmentait leur dette à mesure que les jours passaient – c'est-à-dire très vite. Régulièrement, le « banquier » appelait leur famille pour leur dire combien ils devaient. Les autres n'avaient pas de parents. Ils avaient toujours été des enfants des rues. C'est pour ça qu'ils étaient débrouillards, a dit Chef avec fierté.

Milad a rétorqué qu'ils étaient tous débrouillards, dans la jungle. Sinon ils ne seraient plus en vie.

L'autre a ri, en lui donnant une claque dans le dos.

Le nez de Milad était encore gonflé, mais le sang s'était arrêté de couler, il formait une croûte autour de sa narine. Chef a allumé une cigarette avec celle qu'il finissait et qui lui chauffait déjà les doigts. Il a parlé d'un Égyptien, un milliardaire, qui avait proposé d'acheter une île en Italie ou en Grèce pour accueillir tous les migrants. Il disait qu'il y avait des dizaines d'îles qui étaient désertes, la Grèce ou l'Italie n'avaient qu'à lui en vendre une, il y abriterait les réfugiés et en ferait un pays indépendant. Il y construirait des abris pour loger les gens, pour que peu à peu ils puissent y construire eux-mêmes des bâtiments, et puis des écoles, des magasins, des hôpitaux, des universités. Tout ça sur une île grecque, avec des plages de sable blanc, de l'eau douce et des orangers partout.

Les cinq compagnons de Chef l'écoutaient religieusement. Hawa avait remarqué que quand il parlait, ses hommes se taisaient immédiatement, sans signal apparent. Ali aussi buvait ses paroles. Milad et Elira attendaient la suite. C'est sûr qu'on était loin du pus sur le pouce de Cheval, de l'égout qui avait dû abriter des rats, de la peur d'être pris ou de celle de mourir. Hawa, elle, n'écoutait plus. Elle regardait Jawad dormir, une grosse bosse blanche au front, et elle se disait que ce soir, il aurait pu mourir sous les roues d'un camion comme beaucoup d'autres avant lui. Pourtant, il pouvait être admis en Angleterre de plein droit. Pour ne pas risquer d'être séparé de lui, Milad le mettait en danger.

C'était la première fois qu'elle regardait Milad d'un autre œil.

Celui-ci bougeait d'une fesse sur l'autre, irrité par l'air captivé de ses amis écoutant Chef. De temps en temps il pressait la paume de sa main sur son poing. Il a toussé doucement, pour montrer qu'il n'était pas dupe.

Hawa était fatiguée de ces attitudes.

Elle regardait Elira, qui souriait vaguement avec les autres, avec un temps de retard, et semblait toujours un peu dans les étoiles. Sa bouche avait dégonflé.

Elle regardait Ali, qui n'avait plus un sou, comme eux tous, désormais. Peut-être pourraient-ils rées-sayer le parking le lendemain.

Elle a pensé à Ibrahim, qui avait disparu.

Hawa s'est dit qu'elle devrait peut-être ten-ter sa chance seule jusqu'en Angleterre. Peut-être pourrait-elle retrouver les bénévoles qui avaient travaillé dans la jungle, les supplier de deman-der si son dossier pouvait être proposé à nouveau pour une demande officielle d'asile là-bas. Elle n'aurait peut-être pas dû écouter Milad. Mais au cours des derniers jours dans la jungle, quand il y avait encore du monde, des haut-parleurs avaient prévenu en plusieurs langues qu'après le déman-tèlement du camp, plus aucun dossier ne serait accepté. Maintenant que le camp était rasé, où trouverait-elle les bénévoles ? Quant à aller à la police, c'était se jeter dans la gueule du loup et ris-quer l'expulsion. Puisqu'ils avaient refusé la propo-sition qui leur avait été faite, on ne leur ferait pas de cadeau. Elle était prise au piège, et ne savait pas comment s'en sortir.

Elle regardait Milad, orgueilleux, qui cherchait à capter l'attention du groupe, à garder son pouvoir. Ali, prêt à s'en remettre à qui voudrait bien s'occu-per de lui. Elira, faible, si faible malgré la violence qui se dégageait d'elle. Plus elle les observait, tous, et plus elle se disait qu'elle n'était peut-être pas plus en danger seule.

Elle avait cru que le manque de courage serait de choisir la solution proposée par la France, mais c'était peut-être en suivant les autres coûte que coûte, à la manière d'une bête qui ne peut se séparer de sa meute, qu'elle avait fait preuve de lâcheté, et en suivant un chef, qu'elle avait manqué de force. Elle allait peut-être payer très cher cette décision. Elle était engoncée dans ses couches de vêtements sales, et son corps recommençait à sentir la sueur et la crasse. Elle était prisonnière de ce trou à rats, qui dégageait une odeur de poubelle. Dehors le vent soufflait à travers les arbres, et on entendait des voitures passer à toute vitesse. Des policiers pouvaient arriver à n'importe quel moment et se saisir d'eux pour les expulser. Elle s'en voulait d'être restée là, et elle avait l'impression de ne plus avoir aucun espoir d'arriver en Angleterre. Ses tempes palpitaient. Elle avait envie de se débarrasser des autres, mais se demandait si c'était plus ou moins risqué. Il fallait qu'elle respire et qu'elle réfléchisse calmement mais dans ces conditions c'était difficile. Elle voulait essayer le tunnel sous la Manche.

Chef continuait à raconter l'histoire du milliardaire égyptien dont elle n'avait jamais entendu parler, et dont la famille avait apparemment bâti la plus belle ville d'Égypte. Il avait construit un hôtel en plein milieu du désert, avec des centaines de chambres, puis il avait relié cet hôtel à une île artificielle, et peu à peu à plusieurs îles artificielles, jusqu'à ce que ça devienne une ville touristique magnifique, avec un hôpital tout neuf, une université et un aéroport, tout ça sur une lagune reliée à la mer Rouge. Voilà les Égyptiens, il disait, fier de lui. Alors quand ce milliardaire promettait de faire le même miracle avec une île pour les réfugiés, il le croyait. Tous les migrants seraient heureux d'avoir enfin leur pays à eux, où personne ne les harcèlerait, où ils seraient libres et en paix, où le soleil brillerait sur leur nouvelle ville, alors ils en prendraient soin, et l'île deviendrait riche. Les migrants prouveraient au monde entier qu'ils étaient capables de grandes choses, et qu'ils n'avaient besoin que d'un peu d'espace au calme pour les réaliser.

Tous regardaient Chef, et seule Hawa semblait ne pas être séduite par cette jungle version balnéaire, où ils seraient une fois de plus parqués dans un enclos.

Milad a relevé la tête, et il a déclaré que lui, ce ne serait pas sur une île qui n'existait pas qu'il allait s'installer. C'était en Angleterre. Et il n'avait rien à prouver à personne, sinon à lui-même. Il a regardé le visage d'Ali, celui d'Elira, et celui de son frère endormi. Il devrait être digne de leur confiance, sinon il leur infligerait une nouvelle déception, eux qui avaient connu plus de désillusions que bien des adultes. Il a rougi en jetant un regard de côté pour voir briller les yeux noirs d'Hawa, qui a détourné la tête.

Elle avait cru entendre du bruit dans les taillis.

Milad a continué à faire le malin, il disait aux autres qu'il voulait devenir médecin en Angleterre, et les autres se sont déchaînés sur lui, s'il croyait qu'il allait y arriver, pauvre idiot qu'il était, et Milad cherchait à démontrer que ce n'était pas impossible, mais les autres s'acharnaient et même Ali, même Elira se sont mis à rire, médecin ce n'était pas pour eux, les Européens ne laisseraient jamais faire ça, qu'est-ce qu'il croyait, qu'il allait apprendre la médecine en récurant les chiottes ?

Milad a arrêté de parler, puis ils se sont tus, un à un. Ils avaient senti une présence eux aussi. Ils tendaient l'oreille, à l'affût de quelque chose de suspect. Ils avaient tous développé une ouïe aussi précise et perçante que celle des animaux, à force d'avoir peur. Le cœur d'Hawa palpitait dans sa poitrine. Elira écarquillait ses yeux braqués sur les arbres.

En un regard Chef a lancé Coyote et la Hyène à l'assaut de l'intrus.

Ibrahim s'est mis à hurler, et Milad a gueulé qu'il était avec eux. Les deux Égyptiens le ramenaient, tenant chacun une de ses épaules, vers le feu.

126

Ibrahim avait été découvert juste avant que son camion ne monte dans le ferry. Le routier avait vérifié sa cargaison et l'avait jeté dehors. Il avait erré un peu sur le port tandis que les mouettes blanches criaient dans le ciel noir, mais la police était arrivée et lui avait pris son sac. Ils l'avaient déversé devant lui, ses maigres affaires s'éparpillant sur le sol, et ils disaient zéro migrant, zéro migrant, et c'est vrai qu'Ibrahim n'avait vu personne d'autre dans le port qui était déserté, la dernière fois qu'il était allé près des bateaux il y avait des kilomètres de corps sous des couvertures, des dizaines d'hommes et de femmes qui dormaient le long du mur, alignés, mais là, plus personne, alors ils avaient menacé de balancer son sac à dos dans l'eau du port, et Ibrahim s'était enfui.

Il ne savait pas où aller, sinon revenir auprès de Milad, ici, dans la jungle.

Seuls deux Égyptiens, Coyote et la Hyène, étaient restés au camp, assis sur leurs talons près du feu qu'ils avaient allumé dehors, tandis que les autres étaient partis « travailler » avec Chef, qui n'avait pas voulu donner de précisions. Hawa, muette depuis qu'ils s'étaient installés avec eux, les regardait à travers ses paupières mi-closes, devinant dans le silence partagé entre tous que chacun, même Milad, s'interrogeait sur les avantages et les inconvénients à rester partager cet espace avec eux.

Ils avaient vite pris les habitudes des Égyptiens, et il pouvait se passer des heures sans qu'ils prononcent une phrase, seulement des onomatopées, des prénoms, des grognements, des cris. L'ambiance était tendue, mais ils avaient plus chaud, ce qui était décisif : la nuit, entassés à douze dans le petit abri, ils avaient mieux dormi, malgré la puanteur et le peu d'espace, et même ceux qui avaient dû passer la nuit assis s'étaient réveillés moins fourbus qu'après une nuit raidis par le froid.

Elle avait pensé au roi des rats dont on lui avait parlé dans la jungle : une dizaine de rats qui avaient grandi dans une tanière ensemble et s'étaient retrouvés inextricablement liés par les queues, enchevêtrées à jamais et liées par la boue, les excréments et le sang, au point qu'ils ne pouvaient pas se déplacer individuellement et dépendaient les uns des autres pour se nourrir, devenant un seul organisme vivant. Le roi des rats. Un monstre.

La journée non plus, ils n'hésitaient pas à faire du feu – alors que Milad avait toujours considéré que c'était trop risqué, mais ils étaient toujours un ou deux de garde, aux aguets devant le trou.

Hawa regardait vers la route et se demandait à quel moment elle pourrait s'élancer vers un camion, à quel moment elle trouverait la faille pour passer à travers les mailles du filet, à quelle occasion une chance s'offrirait à elle. Dans ce désert, chaque mouvement, même infime, chaque changement minuscule était immédiatement décelé par son œil exercé.

Jawad, lui, jouait à attraper les pointillés qui flottaient dans l'air. Il ne s'éloignait pas du feu. Coyote s'agitait d'un bout à l'autre de l'abri, arpentant le petit espace, alimentant les flammes, recomposant la pyramide de bouts de bois, rangeant ses affaires ou celles des autres, faisant chauffer de l'eau dans une bouilloire en métal cabossé qui avait dû traverser la Méditerranée elle aussi, tout cela en boitant légèrement. Elira fixait d'un regard halluciné la buée mouvante au-dessus du feu jaune, un peu dans le vague, comme d'habitude. La Hyène, lui, nettoyait les bottes de tout leur groupe avec application.

Coyote a proposé un thé à Elira, qui a refusé d'un geste.

Ali a tendu son verre aussitôt. Coyote n'avait pas eu le temps de se vexer. Il a monté la théière le plus haut possible et fait de la mousse au bord du gobelet. Le thé fumait dans l'air froid de leur tanière.

La Hyène a sorti de son sac des chaussures de sport blanches qui, si elles avaient marché une minute dans la boue de Calais, auraient changé de couleur comme tout ce qui passait par là. Elles étaient trop neuves pour être venues d'Égypte. Or elles valaient au moins cent euros. Milad a rompu le silence pour demander d'où venait tout cet argent. La Hyène a été surpris, il a répondu laconiquement que cela venait de leur commerce. Milad a demandé pourquoi Coyote et lui n'étaient pas partis avec les autres. La Hyène a dit qu'ils gardaient la maison. Et puis il a ajouté, brusquement, à voix basse, qu'il surveillait Coyote, qui était puni.

Milad a demandé ce qu'il avait fait.

La Hyène a répondu que Chef s'était mis en colère et lui avait mis une raclée. D'ailleurs, Coyote boitait.

Milad a insisté : qu'est-ce qu'il avait fait ?

La Hyène ne savait pas. Chef n'avait rien dit.

Coyote a haussé les épaules. Il avait les gencives noires, et de mauvaises dents malgré son âge.

Le visage de la Hyène s'est fermé, il ne voulait pas répondre à d'autres questions, et Milad avait trop l'impression de lui arracher les mots de la bouche pour s'abaisser à en poser d'autres.

Tout à coup, ils ont entendu des bruits de moteur qui se rapprochaient. Les Égyptiens leur ont immédiatement ordonné de descendre dans le trou, et en quelques secondes ils avaient éteint le feu avec un sac de sable. Seul Milad est resté dehors, puis Hawa et Ibrahim ont passé la tête hors de l'abri. Plusieurs dizaines de bus approchaient de la jungle. Des bus bleus, différents de ceux de la semaine précédente, avec des oiseaux dessinés sur le flanc. Alors ils avaient vu des centaines de jeunes comme eux sortir de la zone des containers, calmement, et se diriger vers les bus. À distance, ils n'entendaient rien. Les garçons et les filles étaient montés un à un dans les bus, et ils étaient partis.

La jungle était vide. Il ne restait plus qu'eux.

Le soir, les Égyptiens étaient rentrés en triomphe, euphoriques, allumés, et Chef n'avait que fait semblant de cacher la liasse de billets qu'il rapportait dans son sac, laissant apercevoir les couleurs vives des euros qu'ils avaient gagnés en une journée, tandis que Cheval avait déballé de la viande devant les yeux écarquillés d'Ali.

Milad a demandé comment ils avaient réussi à se procurer tout ça. Chef a esquivé la question, il fallait bien leur donner des forces avant de repartir. Milad a regardé Hawa, qui échangeait avec Elira un regard plein de doutes. Le ventre d'Hawa gargouillait, et elle ne pouvait rien y faire pour l'empêcher. La salive lui venait à la bouche.

Milad a souri en disant que ce n'était pas sa question.

Chef a rongé les peaux blanches qui recouvraient les hachures au bout de ses doigts. Ça énervait aussi Milad de ne pas savoir comment le faire parler. Jawad s'est rapproché des côtelettes, affamé, et Ali le suivait de près, il regardait la viande, ensorcelé. Coyote avait déjà sorti des piques en bois et embrochait les côtelettes pour les faire griller sur le feu. Tous étaient hypnotisés par ses gestes. Bientôt l'odeur de grillé se dégagea de la viande. Leurs bouches se jetaient sur la chair saignante, leurs doigts étaient poisseux de graisse brune. Hawa s'est inquiétée que des animaux viennent, attirés par l'odeur, les autres se sont foutus d'elle, et Chef a répondu qu'il n'y avait pas là d'autres bêtes qu'eux.

Pendant que tous se régalaient en ruchant les os, Milad s'est rapproché de Chef, qui avait une côte de bœuf pour lui tout seul et continuait à mordre dedans, et il lui a demandé comment il avait eu tout ça. Si ça se trouvait, le soir même, ils arriveraient à monter dans un camion et il ne les reverrait plus de sa vie, il pouvait le leur dire, mais Chef ne voulait pas donner ses plans, il en avait besoin pour lui et ses gars.

Milad voulait vraiment savoir, la viande, ils avaient dû la voler, mais l'argent ? Ils avaient attaqué des gens, braqué un magasin ? Chef a balayé l'air de sa main, ils n'avaient pas envie de se retrouver en prison, et puis les gens, à Calais, les voyaient arriver de loin, ils s'accrochaient à leur sac.

Hawa a dit que c'était la viande. Ils l'avaient volée, et ils en avaient revendu une partie. Elle était à côté d'eux. Sa bouche était luisante. Le fait de manger à sa faim lui redonnait de l'énergie, elle sentait son corps revivre.

Chef l'a regardée suffisamment longtemps pour que Milad comprenne qu'elle avait vu juste. Il a expliqué à Milad qu'ils allaient dans un supermarché, ils faisaient une razzia de choses qui valaient cher, des côtes d'agneau ou des rôtis de bœuf, et ils en revendaient une partie, soit sur le parking, soit derrière le magasin d'alcools pour les Anglais. La viande, ils la revendaient moitié prix, en une heure il n'y avait plus rien. Le jour même ils avaient volé deux pièces de bœuf, quatre paquets de blancs de poulet et le cageot de côtelettes. Il n'y avait pas d'antivol sur la viande. Ils couraient dehors, ni vu ni connu.

Ils avaient gardé l'agneau, vendu le reste. Les gens près du magasin d'alcools étaient bien contents de pouvoir manger de la viande à bas prix.

Chef a demandé à ses hommes de se mettre en rang, puis, solennellement, il a donné à chacun quelques billets, même la Hyène et Coyote qui étaient restés au camp de base, ils étaient très respectueux envers lui, on voyait qu'ils étaient prêts à tout pour avoir ses faveurs, la Hyène s'est pris une petite claque du plat de la main, mais on voyait bien que c'était pour se réconcilier.

Ibrahim a coulé un regard envieux vers les Égyptiens, et malgré lui, vers Milad. Hawa, elle, restait pensive. Elle cherchait un moyen de passer de l'autre côté.

Milad

Au moins il n'était pas seul. Sur la route il n'avait croisé que des garçons, de son âge ou plus jeunes, toujours seuls. Parfois ils étaient partis avec des hommes de leur village qu'ils avaient perdus en route, ou ils devaient retrouver un membre de leur famille dont ils gardaient le numéro de téléphone copié sur un bout de papier qui ressemblait à une bouée de sauvetage, et qui était peut-être déjà noyé en Méditerranée à l'heure où ils traversaient l'Iran. Parfois ils avaient encore leurs parents, qui les avaient poussés à partir malgré le danger, parce que le risque à rester leur semblait plus grand et que tout ce qu'ils voulaient, c'était que leur enfant vive, quitte à en être séparés. La mère de Milad et Jawad avait hésité longtemps à se séparer de ses deux fils plutôt que de craindre chaque jour que l'un d'eux soit tué, ou battu, ou humilié dans un village où les talibans avaient de plus en plus de pouvoir. Elle savait que Milad allait bientôt devoir se mettre à leur service, et que son caractère frondeur, sa volonté de séduire et sa fierté risquaient de se retourner contre lui. Il parlait déjà d'aller au lycée, à la ville, et son instituteur l'encourageait. Il voulait devenir médecin. Chaque jour, elle se disait qu'il faudrait se résoudre à le voir partir, pour échapper aux menaces, aux bombes, aux peurs, à la pauvreté. Mais elle craignait de voir s'éloigner son fils aîné alors que Jawad était si petit : qui le défendrait quand il aurait onze, douze ans ? Jawad venait d'avoir huit ans. La situation s'était aggravée, et désormais ils ne mangeaient plus à leur faim. Ils n'avaient même plus d'eau, et les voisins refusaient qu'ils viennent se servir à leur puits. Alors ils allaient chercher l'eau à la rivière, et la mère faisait bouillir l'eau longtemps pour qu'ils puissent la boire. Et puis un matin, les talibans étaient venus et avaient demandé pourquoi sa petite fille allait à l'école. La mère n'avait pas répondu, mais l'homme qui lui parlait s'était énervé. La grande marmite d'eau chauffait sur le feu. L'homme avait pris la petite, et lui avait plongé les fesses dans l'eau bouillante. La petite sœur de Milad et Jawad n'irait plus jamais à l'école, et elle porterait toute sa vie des cicatrices en forme de toile d'araignée sur les reins et le dos. La mère savait que la prochaine cible serait Milad, qu'ils allaient le lui enlever, et qu'ensuite ce serait Jawad, c'était inéluctable, alors elle avait décidé que les deux garçons partiraient

ensemble. Elle savait bien que le voyage serait difficile, mais elle n'imaginait pas qu'ils partiraient aussi
loin que l'Europe. Elle leur avait donné de l'argent
pour payer les passeurs et aller jusqu'en Iran, s'en-
dettant à vie.

Milad savait qu'il avait détruit la vie de sa mère.
Il devait être à la hauteur de la confiance qu'elle
avait mise en lui, et protéger son frère.

Parfois les autres Afghans qu'ils croisaient étaient
orphelins, et c'étaient leurs oncles qui les avaient
envoyés au loin trouver une vie meilleure, pour s'en
débarrasser et peut-être recevoir un jour de l'argent
venu d'Europe. Parfois ils avaient même été vendus
par ces oncles.

Lui, au moins, il avait Jawad. Et même si parfois il aurait voulu se débarrasser de ce poids supplémentaire qui ralentissait son voyage, de cette
bouche de plus à nourrir, de ces questions inces-
santes auxquelles il ne savait quoi répondre et qu'il
aurait voulu ne pas entendre tant elles ne faisaient
qu'accentuer son désespoir, même si parfois il aurait
préféré être seul, justement, pour réfléchir ou pour
pleurer, il avait aussi cette responsabilité qui le
poussait à avancer, et ce soutien quand il faiblissait,
et ce rire qui fusait même quand la vie n'était pas
drôle, et ses yeux qui croyaient en lui. Il savait que
Jawad était là, avec lui.

Ils avaient suivi l'homme qui était venu les chercher un matin aux abords du village. Milad et sa mère n'avaient pas dit à Jawad ni à leur petite sœur qu'ils s'en allaient sans savoir quand ils reviendraient, ni s'ils reviendraient un jour. Ils avaient dit qu'ils partaient travailler.

Et c'est ce qu'ils avaient fait, sans relâche depuis leur départ. Travailler et voyager. Jusqu'à Calais.

Plusieurs fois Jawad les avait sauvés, parce qu'il était petit. Par exemple il attendrissait les femmes, qui lui donnaient souvent de la nourriture, et parfois même, depuis qu'ils étaient en Europe, de l'argent.

En Iran, ils avaient été pris sur le chantier de construction d'un hôtel gigantesque, un immeuble comme ils n'en avaient jamais vu en Afghanistan. Grâce à Jawad, ils n'avaient pas travaillé à la taille des pierres ni à la maçonnerie : son frère avait été jugé trop petit et pas assez efficace, alors on les avait affectés à la cuisine. Toute la journée ils cuisinaient, rangeaient, faisaient la vaisselle, servaient, et recommençaient. Les ouvriers n'arrêtaient jamais, ils étaient sur le chantier seize à dix-huit heures par jour, et il y avait plusieurs équipes, alors il y en avait toujours qui venaient manger. Il n'était plus question d'étudier, seulement de gagner de l'argent. Pendant sept mois, ils n'avaient cessé de travailler que pour dormir, et ils n'étaient pas sortis de l'immeuble parce que l'homme à qui ils avaient été confiés par le passeur que connaissait leur mère disait que c'était trop dangereux et qu'ils pouvaient être arrêtés et emmenés dans les prisons iraniennes, dont chacun sait qu'elles sont terribles, particulièrement pour les Afghans.

Mais un jour la police était venue directement sur le chantier, qui était presque fini, et Milad et Jawad avaient été arrêtés. Quand ils avaient dit quel avait été leur travail jusque-là, ils n'avaient pas été battus en même temps que les autres, ni même mis en prison : ils avaient été directement emmenés à la cuisine des policiers, et ils avaient continué à faire ce qu'ils faisaient depuis sept mois : la vaisselle qui s'entassait partout dans la pièce, puis la cuisine, le rangement, le service, et ils avaient recommencé, et cela pendant vingt jours, avec très peu à manger et à boire, mais au moins ils étaient à l'abri à faire la vaisselle, alors qu'ils entendaient ceux du chantier gémir dans les pièces où ils étaient enfermés.

Et puis un matin à l'aube, les autres avaient été emportés dans un camion grillagé, et eux, on les avait mis dehors.

Alors Milad avait décidé de partir d'Iran, où la vie était trop dure pour les gens comme eux, et d'aller tenter leur chance en Turquie. Ils étaient retournés sur le chantier une nuit, Milad avait déterré l'argent qu'il avait économisé, et ils étaient partis à la gare routière, pour essayer de trouver d'autres Afghans. Ils y avaient revu un homme qui travaillait à la construction de l'immeuble, et qui voulait partir lui aussi. Il leur avait présenté un passeur en échange de la moitié du prix de son voyage.

Ils étaient montés dans un bus avec leur nouvel ami. Milad avait senti l'excitation monter en lui en même temps que l'accélération du bus sur la route et les vibrations du siège sous ses fesses. Tous les regards des hommes du bus se rassemblaient dans une attente fébrile, et tous s'engageaient dans le voyage pour les mêmes raisons. Ils avaient découvert des paysages immenses, au gré des virages qui faisaient tourner le cœur de Jawad, jusqu'à une gare routière perdue dans les hautes montagnes. Milad n'avait aucune idée de l'endroit où ils se trouvaient. Il lui fallait faire confiance à cet homme qu'il connaissait à peine. Parfois il regardait Jawad et se disait qu'il ne savait rien de plus que lui, mais qu'il devait faire semblant de tout savoir.

Ils avaient attendu dans une petite baraque en pierre qui sentait le crottin d'animal, jusqu'à ce qu'un groupe d'une dizaine d'hommes, probablement pakistanais, vienne les rejoindre, et, deux jours plus tard, un groupe d'Afghans. Seulement des hommes.

En fait, jusqu'à ce qu'il rencontre Hawa, il n'avait

peut-être jamais vraiment parlé avec une fille, se disait Milad. Un sourire lui venait alors quand il pensait à la réaction de sa mère si elle savait qu'une de ses amies était maintenant une fille, éthiopienne en plus. Et à sa colère, si elle apprenait qu'il voulait aimer Hawa. Mais alors son sourire s'éteignait parce qu'il venait de penser à sa mère, et qu'il ne savait pas s'il la reverrait un jour.

Ils étaient une vingtaine quand ils étaient partis sur le chemin de montagne. En Turquie, ils n'étaient plus que seize. En trente heures, ils avaient vu mourir quatre hommes. Ça ne servait à rien de mentir à Jawad.

Pour eux, c'était presque plus facile que pour les Pakistanais, parce qu'ils étaient habitués à marcher dans les pierres, à regarder leurs pieds sans jamais se laisser distraire, à souffler pour ne pas souffrir de l'altitude.

Sur les quatre morts qu'ils avaient laissés en route, trois étaient pakistanais. L'Afghan qui était mort avait plus de cinquante ans. C'était rare, de partir sur la route aussi vieux.

Mais pour Jawad aussi, c'était dur, de marcher trente heures presque sans s'arrêter. Il avait pleuré, plusieurs fois. Milad l'avait porté, plusieurs fois. Un homme qui voyageait avec eux l'avait aidé, aussi, à un moment. Ils avaient croisé leurs mains et avaient soulevé Jawad dans une drôle de chaise à porteurs.

C'est le genre de choses qui auraient ravi Jawad d'ordinaire, mais il ne réagissait plus.

Milad se disait à ce moment-là qu'ils iraient en Europe, mais il ne savait pas dans quel pays. Peut-être la Turquie. Ce qui était sûr, c'est que jusque-là il n'avait pas pensé à l'Angleterre. Puis, à mesure des difficultés, et en écoutant les autres faire des projets d'avenir, à Londres, à Amsterdam, il s'était mis à faire des projets lui aussi. Il grandissait.

Il avait toujours été intéressé par le corps, la peau, les cellules, les maladies et les organes, mais Milad lui-même avait du mal à y croire. Il en rêvait, mais en Afghanistan, c'était impossible. En Iran, aussi. À Calais, auprès des associations, des infirmières et des médecins, il avait commencé à imaginer qu'un jour, il serait peut-être médecin en Angleterre. Même si chaque instant semblait éloigner un peu plus cette image.

Il se demandait tout le temps comment cela aurait été, en Afghanistan, s'ils étaient restés. Comment allait leur mère. À quoi ressemblait leur sœur en grandissant. Ce qu'elles étaient en train de faire au moment où il pensait à elles.

Parfois il se demandait s'ils n'auraient pas mieux fait de laisser Jawad avec elles, mais à lui il ne disait rien. Il lui cachait ses doutes, ses peurs, ses colères. Il se retenait pour ne pas l'inquiéter.

Il n'avait pas non plus dit à sa mère qu'ils étaient là, survivant dans la boue. À Calais, il avait appris à se taire. Il avait appris à mentir.

Mais parfois il se disait qu'il avait encore quelques années avant de se résoudre à la fatalité et rentrer, oublier ses rêves d'école de médecine, se résigner à une vie sans horizon, dans un pays où il n'avait pas de ressources, pas de travail, et donc pas d'espoir d'avoir une famille puisque sans argent il ne pourrait jamais se marier, et sans mariage il ne pourrait pas toucher une fille, et qu'il fallait qu'il prenne sa jeunesse pour ce qu'elle était : une invitation à vivre, coûte que coûte. Alors il se disait qu'il avait bien fait de s'enfuir de ce pays de malheur, et qu'il allait en profiter un jour, de celui où les hommes peuvent choisir leurs études et leur métier, et où les filles sont libres, où tous peuvent manger à leur faim et dire ce qu'ils pensent à voix haute, et puis voyager partout sans problème, avec leur passeport, et rapporter des souvenirs de ces voyages, des cartes postales, des diamants, des douceurs ou du bois d'ébène.

Tous les regardaient en silence l'un après l'autre, ils s'attendaient depuis le début à ce que les deux chefs se battent et c'était en train d'arriver. Tant de mots dans leurs bouches d'un seul coup, en soi, c'était un événement. Hawa a essuyé son nez sur sa manche et senti une odeur aigre de sueur et de saleté. Jawad toussait beaucoup, il était très pâle.

Au matin, Milad avait rassemblé sa bande et il avait dit qu'ils devaient chercher un autre abri. Les Égyptiens squattaient leur trou et ils étaient plus forts qu'eux, ce n'était même pas la peine d'essayer de les forcer à partir, mais ils n'étaient pas nets, il ne fallait pas rester là. Les filles étaient d'accord, elles en avaient déjà marre de Chef et de ses acolytes. Les petits suivaient. Seul Ibrahim a protesté molle-ment. Ali a relevé la tête, en se souvenant du repas de viande qui lui avait presque fait mal au ventre, tellement il n'avait plus l'habitude d'en manger.

Ils se sont préparés à partir.

Les Égyptiens les regardaient, et commentaient leurs déplacements en arabe. De temps en temps un rire fusait.

Chef s'est rapproché de Milad. S'ils restaient, le lendemain ils auraient encore de la viande.

Milad a continué à ranger les couvertures dans le sac de son frère.

Cheval a pris un air gourmand, ils allaient bien se régaler, et les jumeaux ont ri. Chef a souri. Ils ont encore parlé entre eux. Ibrahim et Ali les regardaient, l'œil brillant.

Chef a continué à parler, cette fois en s'adressant à tout le groupe. Maintenant qu'ils étaient douze, dont un tout-petit et deux filles, ils pouvaient vraiment parvenir à voler beaucoup plus, faire plusieurs attaques sur des supermarchés en même temps, et non seulement manger à leur faim chaque jour, mais en plus, gagner de l'argent. Et avec l'argent, ils pourraient peut-être, à force, passer en voyage garanti.

Milad a secoué la tête, c'était n'importe quoi, le passage garanti coûtait à présent au moins cinq mille euros, peut-être six mille. Ils étaient douze. Ce n'était pas en volant des biftecks qu'ils allaient tous passer en Angleterre.

Le ton montait. Ils étaient face à face comme deux étalons qui se dressent avant le combat, les sabots en l'air et la crinière qui laisse voir la colère dans les yeux.

Chef a demandé à Milad s'il préférait rester bloqué là, à essayer de passer chaque nuit et à finir par crever de faim ou de froid comme un chien.

Milad a dit qu'il pensait qu'ils allaient réussir à passer, c'est tout. Et qu'il ne voulait pas que les petits risquent d'être attrapés par la police. S'ils se faisaient arrêter pour vol, ils pouvaient dire adieu à l'Angleterre.

Chef a demandé s'il préférait les voir finir étouffés dans un camion.

Il a ricané, Milad avait peur, il ne voulait pas le reconnaître, mais il chiait dans son pantalon.

Milad, blême, le regardait avec colère. Ce dont il avait peur, c'était qu'ils terminent en prison, et ça, c'était un autre genre de passage garanti. Il a insinué que Chef cherchait peut-être à les faire travailler pour profiter de leur argent avant de disparaître avec.

Chef s'est énervé, et lui a mis un coup dans le visage, ils ont roulé à terre, tapant des poings et des pieds, cherchant à prendre le dessus sur l'autre, et Ibrahim qui cherchait à les séparer.

Ils se sont redressés, la sueur aux lèvres, essuyant leurs mains sur leurs pantalons sales.

Chef a dit que le passage en camion ça ratait à tous les coups. Il lui a demandé s'il n'en avait pas marre de vivre dans un trou à rats et d'essayer de passer chaque soir, dix fois par nuit, et de se casser les dents sur le bitume. Cela faisait des mois qu'ils essayaient, sans réussir.

Il s'est tourné vers les autres. Est-ce qu'ils n'avaient pas envie de passer à coup sûr ?

Est-ce qu'ils n'avaient pas envie de se tirer d'ici ?

Tous ne désiraient que cela. Milad le regardait gagner la bataille trop facilement, et il ne savait pas comment le contrer. Ibrahim suivait la raison du plus fort et était attiré par cette bande de garçons, le « gang », comme l'appelait Chef. Ali avait la reconnaissance du ventre, et il en voulait aux autres depuis qu'ils lui avaient volé son argent. Jawad dormait dans la chaleur du feu de camp. Milad s'est tourné vers les filles.

Hawa hésitait. Elle ne savait plus si elle devait croire à la sincérité de Milad ou pas. Elle voulait partir, et peut-être seule. Elle a dit qu'ils n'avaient qu'à essayer tous les soirs de passer, et la journée ils voleraient. Comme ça, s'ils ne passaient pas en camion, ils se paieraient un voyage garanti.

Chef a ri en la regardant. C'étaient bien les filles, à chercher à faire plaisir à tout le monde, il a dit, avec un rire gras. Hawa l'a fixé du regard, pour lui montrer qu'elle n'aimait pas qu'on lui parle comme ça, elle ne tenait à faire plaisir à personne, et surtout pas à quelqu'un qui se prendrait pour son chef.

148

OK, a dit Chef, en levant les bras, faisant semblant de se rendre, avec un sourire méprisant. Mais il les prévenait : chacun travaillerait autant que les autres, et chacun gagnerait autant que les autres. C'était la règle.

Tous étaient d'accord. Il ne faisait que les brosser dans le sens du poil.

Il a regardé Ali, et il a demandé s'il se faisait bien comprendre. Il savait qu'ils ne pouvaient pas tous rapporter autant de marchandises les uns que les autres, parce que certains étaient plus entraînés, et puis physiquement, ils ne partaient pas tous avec les mêmes atouts, il a eu un air entendu, assez comique, en dessinant un corps rond dans l'air avec ses mains, et ses hommes se sont mis à rire, mais aussi Ibrahim et Elira. Ali a rougi. Hawa a senti les commissures de ses lèvres bouger malgré elle. Seul Milad gardait le visage fermé. Chef a repris : ce qu'il leur demandait, c'était que chacun travaille, lui, il n'aimait pas les fainéants. En contrepartie, il partagerait leur butin à parts égales. Même lui, il toucherait le même argent que les autres. C'était sa méthode. S'ils le suivaient, il promettait de bien s'occuper d'eux. La police était encore plus présente qu'avant, ils avaient même des hélicoptères avec détection de chaleur, dès qu'une personne ressemblait à un migrant elle était contrôlée. Mais avec lui, ils seraient tous en sécurité. Ils mangeraient à leur faim. Ils auraient un guide. Il fallait juste faire ce qu'il leur disait. Parce que sinon, ils seraient punis.

Chef a plongé son regard dans celui de Milad, comme s'il cherchait à le persuader, alors qu'ils savaient tous les deux qu'il venait de gagner la partie.

Il a demandé sur le ton de la plaisanterie qui voulait le suivre, qui voulait manger de la viande, gagner de l'argent et partir en voiture privée en Angleterre, qui préférait être bien soigné que maltraité, mais personne ne riait plus. Ibrahim a coulé un regard gêné vers Milad. La chance paraissait avoir changé de camp.

Chef a demandé alors qui préférait tenter de passer en camion et se ramasser comme ils l'avaient déjà fait des dizaines de fois, et ses hommes ont ricané. Cheval a dit que de leur côté, c'était clair, ils préféraient son plan.

Il s'est avancé et il est venu se mettre à côté de lui. Les cinq autres l'ont suivi en un mouvement. Ibrahim s'est avancé, Chef lui a donné une bourrade amicale, et les autres ont eu des cris de joie. Elira les a rejoints, sans regarder Hawa. C'était la première fois qu'elle prenait une décision sans qu'elles en parlent ensemble. Les ombres sous ses yeux s'étaient allongées et dessinaient à présent de larges marques opaques. Hawa a hésité. Elle a regardé Milad, puis elle a dit qu'elle était d'accord pour travailler, mais le soir elle essaierait quand même de partir par ses propres moyens. Chacun était libre de partir quand il le voudrait.

Chef lui a fait un « check », mais son regard était glacial. Il n'aimait pas qu'on pose ses conditions.

Milad a demandé, d'un ton incertain, qui était d'accord pour essayer le soir même.

Personne n'a répondu. Le souvenir de l'échec de la nuit d'avant était encore trop vif. Après un moment de flottement, Hawa a rejoint le groupe. Coyote a sifflé. Milad a regardé Ali, il ne restait plus que lui et il voyait bien qu'il restait à ses côtés à contrecœur. Alors ils se sont avancés tous les deux. Milad a dit doucement que le lendemain, alors, il essaierait. Ou la semaine prochaine. Trente-trois kilomètres… Ils y arriveraient un jour. Lui, en tout cas, il avait essayé, il recommencerait, encore et encore.

Mais il n'irait pas voler avec les autres. Il resterait au camp avec Jawad pendant ce temps-là.

Chef a dit que dans ce cas il ne mangerait pas la part des autres. Milad a répondu qu'ils se débrouilleraient autrement. Hawa regardait le petit dormir, et elle s'est dit qu'elle lui donnerait une partie de ce qu'elle aurait. Elle a regardé Milad et elle a vu que c'était ce qu'il pensait. Elle s'est mordu les lèvres, mais elle s'est dit qu'il était vraiment très fort.

Chef a souri en découvrant ses canines, et il est allé chercher son sac à dos. Il en a sorti une bouteille de whisky, l'a débouchée en un tour de main et en a bu une gorgée avant de la passer aux autres. C'était une sorte de rite de passage. Hawa n'avait jamais bu d'alcool, mais Elira a empoigné la bouteille et elle a bu plusieurs secondes comme si elle n'allait plus jamais s'arrêter, et Hawa voyait sa gorge renversée en arrière qui bougeait en petit animal à mesure qu'elle avalait, et Chef a dit quelque chose à ses hommes en arabe et Coyote a sifflé, l'ambiance était joyeuse tout à coup, électrique, alors Hawa a suivi le mouvement, elle a laissé l'alcool descendre dans son estomac en brûlant tout sur son passage, elle a eu chaud, immédiatement, et elle a souri à Milad de surprise. Alors il a pris la bouteille à son tour et il a posé ses lèvres là où elle venait d'enlever les siennes.

Ils ont vite été soûls, parce que dans le froid de la jungle c'était bon d'avoir chaud au ventre et de ne plus penser. Rafiq a mis de la musique sur un petit appareil à piles, de la techno aux accents orientaux qui a surgi en crachotant, et il s'est mis à sautiller bizarrement, en faisant des gestes désarticulés avec ses bras. Hawa n'avait jamais vu personne danser comme ça, mais le plus drôle, c'est que Cheval s'y est mis aussi, et il faisait exactement les mêmes gestes, on aurait pu croire qu'ils avaient appris ensemble. Elira les regardait elle aussi, le regard écarquillé. Leurs silhouettes étaient des ombres chinoises, à contre-jour de la lumière lunaire et du feu. Les Égyptiens tapaient des mains en cadence. Hawa avait la tête qui tournait alors elle est allée s'asseoir près de Jawad qui dormait toujours, imperméable au bruit. Chef est venu s'asseoir à côté d'elle, et il a roulé un joint. Ses gestes étaient nerveux, et ses muscles fins se laissaient voir sous sa peau. Même dans des gestes aussi simples que ceux-là, il transpirait l'autorité. Milad regardait bizarrement le haschisch rouler sous les doigts de Chef, et se demandait comment il arrivait à avoir tout ça. Elira est venue les rejoindre alors que la flamme de l'allumette éclairait leur coin comme une comète et qu'il avalait une large bouffée, goulue, il lui a passé le joint, elle est restée debout devant lui et il l'a regardée, sûr de son charme. Il a repris le joint et il l'a mis à l'envers dans sa bouche, il s'est levé et s'est approché d'elle, et Hawa les regardait, Elira a ouvert ses lèvres et Chef y a soufflé une colonne de fumée. Hawa sentait la fumée se mélanger à leurs odeurs de peau et savait reconnaître le danger qui pointait, mais elle ne savait pas quoi dire, et elle était trop fatiguée pour parler. Elle a repris à boire, forçant son ventre à accepter la brûlure. Milad la regardait, les yeux vagues, il était perdu lui aussi dans des pensées désordonnées, et il se laissait aller parce que c'était bon tout à coup que rien ne soit grave. Coyote est arrivé derrière Elira et il l'a prise par la taille et s'est

frotté contre elle en flairant son cou et elle s'est dégagée d'un geste brusque. Chef a ri. Les autres garçons
regardaient Chef du coin de l'œil et l'amie d'Hawa
était devenue une gazelle entourée d'une meute de
fauves. Sa malédiction à elle, c'était d'être trop belle,
trop grande, trop mince. Elle avait sa beauté, mais
rien d'autre que sa beauté, et au lieu de la sauver, ça
l'enfonçait toujours plus loin dans la misère. Chef
s'est levé, il a poussé Coyote et a voulu attraper Elira
à son tour. Elle a esquivé son geste, en faisant semblant de ne pas l'avoir vu venir vers elle, et elle s'est
dirigée vers la bouteille à nouveau. Chef s'est fait plus
agressif. Il est venu vers elle et l'a forcée à l'embrasser. Elle a fait quelques pas en arrière en cherchant
à lui échapper, soûle, épuisée, mais il est revenu à
la charge. Elle l'a regardé avec surprise tandis qu'il
lui tirait la tête en arrière. Elle a perdu l'équilibre,
titubé, elle ne faisait pas le poids face à lui. Il avait à
peine posé ses lèvres sur les siennes qu'elle a eu une
nausée et s'est écartée de deux pas, mais pas assez
pour que son jet de vomi n'atteigne pas les chaussures
de Chef, qui a hurlé et l'a traitée de connasse.

Elira s'est essuyé la bouche. Chef a fini la bouteille et il a dit que tout le monde allait se coucher.
Il n'y avait plus de whisky, de toute façon. Il s'est
alors adressé à Elira d'un ton détaché.

Elle resterait dehors, ça lui apprendrait à boire.
Elle puait, et c'était trop petit.

154

Ils se sont dirigés lentement vers l'échelle pour descendre dans leur trou. Elira les a regardés, interdite. Elle a laissé voir un instant l'adolescente qu'elle était encore. Chacun des garçons est passé devant elle comme si elle était un fantôme. Milad a pris son petit frère endormi dans ses bras, soutenant sa nuque et l'arrière de ses genoux, et l'a descendu au chaud. Hawa est restée dehors, hésitante. Elle était exténuée. Elle avait peur de Chef, et savait qu'elle ne ferait pas le poids face à sa meute. Il était trop tard pour s'en aller ailleurs. Elles se mettaient toutes les deux en danger si elle restait avec Elira. Elle est allée chercher son sac de couchage et l'a tendu à Elira, puis elle est descendue sous la terre, à son tour. Près de Milad, qui sentait la fumée.

Tandis qu'elle essayait de dormir contre la tiédeur du dos de Milad, tirant sur sa capuche et le bas de son sweat-shirt pour ne pas laisser échapper sa propre chaleur, Hawa entendait Elira marcher en long et en large dehors parce qu'elle avait froid. Le vent soufflait et menaçait d'éteindre le feu. Chef non plus n'arrivait pas à dormir. Dans leur trou, il fumait cigarette sur cigarette, et ne digérait pas son humiliation.

Au bout d'un moment, Hawa s'est réveillée. La gorge nouée, le cœur serré, elle a vu la silhouette d'Elira descendre dans le tunnel, ses jambes raidies par le froid ressemblaient à celles d'un pantin. Claquant des dents, les lèvres bleuies, elle est passée devant Hawa et a rejoint Chef. Il a toisé Elira avec orgueil.

Hawa a appuyé ses mains sur ses oreilles pour ne plus l'entendre ahaner tandis qu'il baisait Elira.

Devant elle, dans la pénombre, le profil parfait du petit Jawad qui continuait à dormir paisiblement contre l'éléphant qui lui servait d'oreiller l'a aidée à se rendormir. Ses paupières étaient entrouvertes sur une fine brillance, bordée de cils longs et recourbés derrière lesquels on voyait les rêves rouler. Son souffle était léger, une plume d'air qui venait jusqu'à elle. Elle s'est raccrochée à sa respiration régulière. Le plus jeune d'entre eux garantissait sa vie, et parvenait encore à la consoler.

Jawad

Ils avaient passé une nuit dans un abri pour les bêtes, après trente heures de marche. Épuisés, ils avaient dormi sans même sentir la faim, comme des pierres. Au matin, quand ils étaient descendus de l'autre côté de la montagne, ils avaient vu du vert. Des forêts, des prés, des ruisseaux, après les jours et les nuits passés dans les cailloux. Et Milad avait dit que c'était ça, l'Europe.

Il avait dévalé la pente en criant, et sa tête tournait de voir tant de vert et de sentir la chaleur qui montait du sol à mesure qu'ils descendaient dans la vallée, il avait couru à s'en éclater les poumons et il ne savait même pas pourquoi, peut-être juste parce qu'il était heureux de ne plus avoir à marcher, mais un homme avait crié, la police tirait parfois, et Milad l'avait rattrapé.

La joie avait duré deux minutes à peine.

Ensuite ils avaient marché jusqu'à un village où un camion de cigarettes les attendait. Le routier avait ouvert les portes à l'arrière, et Jawad s'était dit qu'un camion, ce serait toujours mieux que la marche dans la montagne. Il était fatigué et ses jambes lui faisaient mal, alors il était soulagé de se dire que le voyage continuerait en roulant. Mais comme à chaque fois, cela avait été pire que ce qu'il pensait.

Ils étaient cachés derrière une fausse cloison, entassés comme la marchandise qu'ils étaient devenus. Ils avaient roulé dans le froid, dans la chaleur, sur le goudron, les pierres, la poussière. Leurs yeux s'emplissaient de larmes à cause de la poussière et de l'absence d'oxygène. Ils plaquaient sur leur bouche le haut de leur blouson.

Après une journée et une nuit à rouler sur les routes turques, Jawad s'était mis à pleurer sans bruit. Milad l'avait adossé contre lui pour amortir les secousses. Il s'accrochait aux cuisses de son frère, et avait de plus en plus de mal à respirer. Un des hommes soupirait une litanie dont il ne savait pas si c'était une plainte ou une prière. La soif était devenue une brûlure. La route défilait sous eux et elle semblait ne jamais s'arrêter.

Ils étouffaient, et à un moment l'homme s'était tu et Jawad avait demandé à son frère s'il était mort, et Milad n'avait pas répondu, alors il avait répété sa question et Milad avait dit d'un ton impatient qu'il ne savait pas, qu'il ne voyait rien. Jawad s'était tu à son tour, et il s'était dit que si lui-même mourait son frère ne s'en apercevrait peut-être pas.

Jawad avait frissonné de fièvre. Un homme avait tapé contre la cloison du camion pour faire venir le chauffeur à leur secours, mais personne n'était venu, ils avaient continué à rouler. Le chauffeur ne pouvait pas s'arrêter, parce qu'il devait livrer sa marchandise ou qu'il avait peur de se faire prendre par la police.

Jawad s'était mis à divaguer. Milad ne disait plus rien. Il lui avait tendu le reste de sa bouteille d'eau tiède.

Et puis quand la bouteille avait été vide, Milad lui avait parlé. Il avait dit qu'il pouvait faire pipi dans la bouteille. Jawad s'était senti réconforté par la voix de son frère, et il s'était dit que Milad pensait décidément à tout.

Certains gémissaient, mais la plupart ne disaient plus rien, ils étaient peut-être plusieurs à être morts dans la remorque.

Jawad était perdu. Il ne savait plus pourquoi il était là, et il aurait voulu revoir sa mère.

À Istanbul, après deux nuits et trois jours de voyage, la porte s'était ouverte. Le camionneur n'était plus le même, mais il lui ressemblait comme un jumeau.

Ils s'étaient retrouvés dans un centre de tri pour êtres humains. Des centaines d'hommes, de femmes et d'enfants étaient répartis selon leurs origines et leurs moyens pour être dirigés dans divers coins d'Europe.

Milad avait demandé le départ le plus proche. C'était la Grèce.

On les avait emmenés dans la benne d'un camion jusqu'au port, et ils avaient pris un bateau. Un tout petit canot rouge qui se gonflait avec de l'air. Aujourd'hui, Jawad savait que ce n'était pas avec ce genre de rafiot qu'on partait au large, mais à ce moment-là aucune des quinze personnes de leur groupe ne le savait. Les autres, des Pakistanais bizarrement accoutrés d'imperméables et de bonnets de laine, suivaient leur chef. Aucun d'entre eux n'avait jamais vu la mer.

Milad avait ramassé une corde sur le port, et Jawad avait demandé pourquoi. On ne sait jamais, avait dit son frère.

Une fois de plus, il avait raison. Sur le canot, il s'est attaché à Jawad, bien avant que les creux des vagues soient aussi grands que des maisons. Sans la corde, il serait passé par-dessus bord.

Ils étaient arrivés sur une île. Au petit matin, près des rochers où ils abandonnaient leur bateau, ils

160

avaient croisé trois garçons aux cheveux hirsutes et aux haillons durcis par le sel qui s'étaient rués vers eux, pieds nus, en montrant leur bouche avec leurs doigts pour demander à manger. Ils ne parlaient pas, et semblaient aux abois. Des parias. Ils s'étaient jetés sur le bateau devenu épave, retournant tout, visiblement à la recherche de nourriture ou de marchandise à revendre, des corbeaux fouillant dans les poubelles. L'image de ces garçons transformés en animaux hanterait longtemps Jawad. Milad avait dit qu'ils feraient mieux de quitter leur groupe, et qu'ils s'en sortiraient mieux tous les deux. Jawad avait eu peur de devenir un enfant corbeau.

Dans un jardin, ils avaient vu des vêtements suspendus à une corde à linge. Des chemisettes et des pantalons, des tee-shirts et des robes, de différentes tailles, formant les silhouettes en morceaux des membres de la famille qui dormaient encore. Des pantalons retournés, exhibant leurs poches comme s'ils tiraient la langue. Les jambes s'agitaient dans le vent, pantins désertés par la chair des hommes. Des fantômes qui avaient rappelé à Jawad tous les hommes qu'ils avaient croisés depuis le départ de leur propre maison.

Milad s'était glissé sous la haie de buissons aux feuilles grasses et aux fleurs roses. Il avait pris au jugé deux pantalons, deux tee-shirts, tirant dessus pour qu'ils échappent aux pinces. Ils s'étaient changés tout de suite. Milad disait qu'ils risquaient davantage de se faire prendre à cause de leurs habits durcis par le sel que parce qu'ils venaient de voler des habits à des gens qui en avaient plein les armoires.

Les vêtements étaient trop grands pour Jawad, trop petits pour Milad. Milad a dit que ça faisait du bien de mettre des vêtements qui sentaient le propre, mais Jawad n'était pas sûr qu'ils allaient passer inaperçus, déguisés de cette manière.

Et il avait raison. Ils s'étaient fait prendre dès qu'ils étaient arrivés près des magasins qui venaient d'ouvrir. Une voiture de police était passée au ralenti, les ombres noires à l'intérieur avaient scruté leurs visages, ils étaient repartis, avaient fait demi-tour, étaient revenus. Ils avaient été repérés direct. Ils ne ressemblaient ni à ceux qui préparaient les bateaux d'excursion, ni aux touristes qui prenaient leur petit déjeuner en terrasse.

Ils avaient été pourchassés sur quelques mètres seulement, et arrêtés. On les avait interrogés pour la forme, on avait pris leurs empreintes. Milad ne savait pas encore que c'était une erreur de se laisser faire. Ils le regretteraient toute leur vie, d'avoir laissé leurs empreintes aux policiers débonnaires qui leur avaient donné du pain.

Ils les avaient trouvés gentils, puisqu'ils les avaient relâchés quelques heures plus tard, à condition qu'ils sachent se rendre invisibles.

Ils étaient allés directement au port des ferries. On leur avait dit qu'il suffirait d'acheter un billet pour le continent. Mais les policiers rôdaient autour du port, et l'homme qui vendait les tickets avait refusé de leur en vendre. Il n'avait même pas répondu à Milad, et avait regardé à travers lui comme si c'était un fantôme lui aussi.

Ils se sont assis à l'écart, et ils ont regardé les touristes qui arrivaient. Certains étaient pressés, craignant de rater leur bateau, et tiraient derrière eux des valises compactes aussi grosses que des maisons. D'autres flânaient en sirotant des cafés dans de grands gobelets bariolés. Certains se tenaient par la main, d'autres arrivaient en bandes joyeuses. Une petite vieille avançait à pas de souris en s'appuyant sur son sac à roulettes. Milad a repéré un couple avec un enfant aux cheveux dorés. L'homme était très grand, très maigre, il avait les cheveux gris, la femme riait, heureuse d'être en vacances. Le tout petit garçon trottinait devant eux. Milad les a choisis. Il est allé les voir, et il leur a expliqué la situation. L'homme et la femme l'ont écouté silencieusement, jetant de temps en temps de petits coups d'œil vers l'homme de la billetterie. Le petit garçon aux cheveux blonds a tendu à Jawad son lapin en peluche, qui était presque aussi crotté qu'eux. Milad leur a demandé d'acheter leurs deux billets à sa place. Le couple a discuté, et la jeune femme a proposé à Milad qu'ils passent avec eux, comme s'ils étaient leurs enfants. L'homme est allé acheter les billets, refusant l'argent de Milad, tandis que la femme leur passait des casquettes pour mieux les déguiser. Le petit garçon leur parlait en français parce qu'il ne savait pas encore ce qu'était un étranger. Ils ont joué la petite comédie de la famille parfaite, tous les cinq, et ils sont montés facilement sur le bateau. Milad avait bien choisi sa famille. L'homme n'a même pas voulu qu'il lui rembourse les deux tickets, alors qu'ils valaient quarante-huit euros en tout.

Ils sont montés sur le ferry qui glissait sur la mer comme si rien n'était grave, et tous les gens sur le bateau étaient détendus et profitaient de l'ombre et de l'horizon comme si la mer n'avait jamais été dangereuse.

Jawad s'est dit que s'il était né de ce côté du monde, il aurait eu droit à cette vie. Les enfants, avant de naître, auraient dû pouvoir choisir l'endroit et la famille où ils souhaitaient vivre.

Quand l'homme et la femme leur ont acheté du thé et des sandwiches sur le bateau pour Athènes, il a été heureux, bien sûr – cela faisait deux jours qu'ils n'avaient pas mangé. Mais il les regardait, et un profond désespoir a commencé à poindre.

Jawad n'était plus tout à fait un enfant.

Au matin, ils sont partis en commando, laissant Jawad et Milad au camp avec Coyote. Avant de partir, ils s'étaient lavés avec des serviettes et un bidon d'eau, depuis le château d'eau ils ne s'étaient pas lavés. C'était le seul inconvénient du trou des égoutiers, finalement, pour le reste ils n'y étaient pas si mal, Hawa s'était même habituée à l'odeur. Ali, lui, grignotait moins, à part les croûtes sur ses mains qui étaient peu à peu remplacées par des traces nettes, roses. Ibrahim tournait moins en rond, ça lui faisait du bien de bouger avec Chef et sa bande, de crier très fort avec eux, de se battre contre des gars de sa taille, de ne pas se laver, avec personne pour l'emmerder. C'était plus facile de manger, dormir, et obéir à Chef. Seule la promiscuité était difficile à l'intérieur du trou, et il y avait parfois des grognements, des coups de griffes ou de dents, comme quand Chef avait volé la veste à capuche d'Ibrahim et qu'il avait protesté – avant de céder. Jawad, lui, dormait beaucoup depuis qu'ils étaient avec les Égyptiens, il profitait de la chaleur. Il arrivait encore à rêver des troncs sur les torrents, et des poissons élastiques qu'ils pêchaient à la main. Parfois il revoyait le visage de sa mère, mais il ne savait plus à quoi ressemblait sa voix.

Chef leur avait expliqué leur mission : cinq d'entre eux partiraient d'un côté, tandis que les quatre autres seraient affectés à un autre terrain d'opération. Les deux filles et trois de ses hommes iraient au supermarché : les jumeaux montreraient à Hawa et Elira comment voler de la nourriture tandis que Coyote ferait le guet sur le parking, pour prévenir de l'arrivée de la police. Chef, de son côté, apprendrait à Ibrahim et à Ali à voler autre chose. Milad est rentré dans le trou avec Jawad tandis que les autres s'en allaient en ville.

Leur groupe n'avait pas été séparé depuis l'évacuation de la jungle.

Hawa sentait une mauvaise sueur dans son dos. Ils marchaient d'un même pas, à travers champs puis le long de l'autoroute, sous un crachin glacé qui frappait leur visage, dans le va-et-vient incessant des trente-six tonnes. Les arbres étaient dépouillés et noircis. Les grues du port étaient tout proches, et fendaient le ciel de plomb en brillant, à peine animées d'un léger tournis. Ils évitaient soigneusement de croiser des gens. Certains camions klaxonnaient en les frôlant de leurs lumières blanches. Les routiers savaient qu'à cet endroit, il ne pouvait s'agir que de migrants.

Le premier groupe s'est arrêté près d'un supermarché en lisière de la ville. Cela faisait plusieurs semaines qu'Hawa n'était pas allée dans les petites rues du centre, et elle aurait bien suivi le premier groupe, mais elle tenait à rester avec Elira, qui baissait la tête sous ses cheveux trop longs et avait les yeux noyés de fatigue. Elle avait essayé de la réconforter au matin, mais Elira l'avait traitée de sale pute et de traître et ne lui avait plus adressé la parole. Elle n'avait même pas jeté un œil sur les garçons quand ils avaient continué sans elles, sur la route.

Dans les buissons épineux qui bordaient le parking, sous une immense pancarte où des enfants souriaient, Coyote leur a expliqué d'une voix douce la manière dont elles devraient procéder. Les jumeaux entreraient d'abord, et se feraient remarquer, le vigile se mettrait aussitôt à leurs trousses, c'est à ce moment qu'elles rentreraient et fonceraient au rayon viande, au fond à droite du magasin. Il fallait qu'elles repèrent le bœuf, c'était ce qu'il y avait de plus commode à voler et de plus cher, c'était facile, il y avait de grandes lettres bleu-blanc-rouge, B-O-E-U-F, et une vache française avec un drapeau. Les jumeaux connaissaient leur rôle par cœur, leurs mouvements étaient précipités par l'excitation, ils sont partis en courant vers le magasin.

Les filles se sont avancées. Le vigile était à cinq mètres devant elles, et accélérait le pas pour suivre les jumeaux, qui glissaient dans les rayons, attrapaient des articles et se les lançaient, avant de les reposer. Le vigile ne pouvait rien dire tant qu'ils ne cassaient rien. Il s'est retourné au moment où les filles ont bifurqué vers la droite. Elira a soufflé, inquiète. Hawa a filé vers le rayon viande. Elle avait déjà repéré les grosses pièces de bœuf. Son cœur tapait dans sa poitrine maigre. Ses vêtements sentaient la glaise du dehors. Elle baissait les yeux quand elle croisait des clients, craignant que des odeurs de terre et de feu ne se dégagent de ses vêtements sales.

À toute vitesse, elle a enfourné dans son blouson deux rôtis, tandis qu'Elira attrapait les paquets bleu-blanc-rouge de tranches prédécoupées et les rentrait dans son pantalon. Une cliente en manteau beige les a vues faire mais n'a rien dit, un lapin dans la lumière des phares, elle est repartie, poussant son chariot rempli de marchandises multicolores, et s'est retournée une fois, en jetant un regard à la fois apeuré et curieux.

Elira et Hawa ont fait demi-tour. Cela faisait à peine trois minutes qu'elles étaient entrées dans le supermarché. Elles dépassaient les portes automatiques quand elles ont aperçu du coin de l'œil les jumeaux se faire fouiller par le vigile. Ils n'avaient rien. Le vigile était trop occupé pour avoir vu les filles.

En passant près des caisses Hawa a fait un pas en arrière pour voler un œuf en chocolat orange et blanc.

Au moment où les jumeaux les rattrapaient auprès de Coyote, une voiture de police est arrivée dans des éclats de lumières bleutées. Ils se sont tous aplatis par terre en même temps.

Les policiers sortaient de leur voiture, tranquillement, habitués à ce type d'intervention. Le vigile leur a parlé, ils ont regardé tout autour, l'air las. Ils savaient qu'ils ne les attraperaient plus. Les jumeaux les insultaient à voix basse, contents d'avoir réussi à berner la police, ils faisaient des doigts derrière les buissons et faisaient mine de montrer leur cul.

Après le départ de la voiture, ils ont surveillé le parking depuis leur cachette, sous la publicité géante où se succédaient des photos d'enfants, comme si le monde voulait encore célébrer la joie et l'innocence. Coyote s'est redressé, tout sourire, il a tapé dans la main des jumeaux, puis des filles, ils avaient réussi. Il ne leur restait plus qu'à rentrer au camp. Hawa a regardé Elira, dont les yeux ont quitté le paysage droit devant pour venir se poser sur elle. Elles ont échangé un sourire triste, elles savaient que la jungle poussait parfois à faire des choses qu'on ne voulait pas. Elles sont reparties au signal de Coyote, courant à moitié sur l'autoroute, sous les cris aigus des mouettes, l'adrénaline refluant dans leurs corps jeunes, leurs têtes cherchant à se retourner pour voir si personne ne les suivait.

Épargnée par la peur étouffante de se faire prendre dans le magasin par la femme en beige ou le vigile immense, ou pourchasser par la voiture de police à la sirène éblouissante, Hawa s'apercevait qu'elle venait de voler à manger pour la première fois de sa vie, et ce n'était pas seulement un remords, plutôt une déception de soi-même. Elle était tombée plus bas, encore plus bas, et ne savait pas où elle s'arrêterait. Sa colonne vertébrale craquait, son corps tout entier était lourd, son crâne lui faisait mal. Elle a reniflé sur sa manche. Elle voulait être libre mais il fallait toujours qu'elle fasse des choses qu'elle ne voulait pas faire pour essayer de se trouver une place dans ce monde. Dans la jungle, la boue les attendait derrière les grilles qui les sépareraient des camions.

Elle a regardé Elira qui devait coucher avec Chef pour dormir au chaud, et la même sorte de tristesse froide l'envahit. La poursuite d'une vie meilleure avait un prix, celui de la déception. Elle avait même dû laisser Elira faire face à Chef et elle se dégoûtait pour cela, et elle se demandait jusqu'à quel point on pouvait se laisser aller pour y arriver. Elle n'avait plus rien. Elle avait peur de finir par devenir folle. Elle savait que parfois trop d'humiliation faisait perdre la tête, quand on n'avait plus rien pour être sauvé. Elle avait vu un garçon en Afrique qui était devenu fou à force d'être berné par les policiers et les passeurs à tour de rôle, elle avait vu le fou de la jungle, et Ibrahim lui avait raconté les enfants fous du centre pour mineurs en Grèce. Elle savait. Chacun essayait de survivre avec ses propres moyens jusqu'à ce que son cerveau lui-même le protège en le faisant verser dans la folie pour lui éviter trop de douleur.

Quand elle avait besoin de retrouver son calme, elle allait voir la mer. Parfois Milad la rejoignait. Elle en était heureuse. Elle était amoureuse de lui. Il ne le savait pas encore.

Au camp, Milad et Coyote avaient tout remis en ordre et entretenaient le feu suffisamment pour ne pas avoir à le ranimer, mais pas au point qu'il puisse se voir de loin. Jawad n'avait pas pu s'empêcher d'aller courir dehors, et son frère n'avait rien dit. Maintenant qu'il toussait moins, il avait envie de se dépenser, et il souffrait de ne pas pouvoir jouer, ou crier avec d'autres enfants, et d'être enfermé dans le trou. Hawa lui a dit qu'il pouvait se faire mal avec un bout de bois ou de fer, ou se faire voir ou entendre, et Jawad a baissé la tête mais elle savait qu'il recommencerait dès qu'ils seraient à nouveau partis. Elle leur a donné une tranche de viande en cachette des autres, dans le trou, pour qu'ils mangent avant que Chef ne rentre. Ils savaient que si Coyote les voyait, il se sentirait obligé de les dénoncer pour essayer de se faire pardonner la faute qui l'obligeait à rester au camp. Et même si Elira avait l'air d'avoir oublié qu'ils ne l'avaient pas défendue la nuit précédente, ils ne pouvaient pas être sûrs qu'elle ne chercherait pas à se venger. Elle regardait parfois les yeux de Milad s'attarder sur Hawa, ou son bras s'enrouler autour de sa taille, avec jalousie, comme si elle en voulait à Hawa de s'en sortir toujours mieux qu'elle, et de subir moins de malheurs dans le malheur, toujours. Jalouse aussi, peut-être, de ne plus être la seule à recevoir les confidences d'Hawa, amère d'avoir perdu l'espoir qu'une personne sur la terre la sauverait, comme au temps où elles faisaient tout ensemble. Sa dernière illusion, envolée.

Quant aux autres, ils obéissaient à Chef sans même y réfléchir, et ils les dénonceraient sans états d'âme.

Milad et son frère se sont précipités sur la viande crue, arrachant l'emballage de plastique avec les doigts, toutes dents dehors. Ils étaient affamés.

Quand ils ont eu fini d'avaler la viande, Hawa

a donné à Jawad l'œuf qu'elle avait volé pour lui. Il a ouvert le papier métallique pour découvrir la surprise à l'intérieur. Un minuscule avion en kit et en plastique. Il a mangé un bout du chocolat seulement, et il a dit qu'il gardait le reste pour plus tard, en l'enveloppant dans le papier qu'il lissait du dos de l'ongle. Il ne savait pas s'il en aurait jamais un autre.

Ils ont attendu le reste de la bande. Elira s'est endormie, recroquevillée près du feu. Hawa est restée assise près d'elle, les yeux mi-clos, observant le va-et-vient des hommes autour d'elles, toujours en alerte. Ses yeux papillonnaient mais il fallait qu'elle tienne, elle le savait, pour Elira et pour elle. Au loin un chien hurlait.

Ils ont attendu des heures. Milad agitait le bois sec qui brûlait, puis soufflait sur les braises. Coyote a fait cuire du riz. Hawa remuait ses orteils dans ses chaussures où le tissu se perçait. La nuit tombait, et Hawa s'inquiétait. Et s'ils ne revenaient pas ?

Les petites lumières de la ville commençaient à marquer l'horizon. Jawad regardait de plus en plus souvent vers la route, mais il ne posait aucune question. Hawa n'aurait pas su quoi lui répondre. Le rythme des hommes ralentissait, les habitants de la ville allaient rentrer dans leurs maisons tout équipées qu'elle avait parfois vues sur la télévision satellitaire de la femme de la téléboutique, les voitures allaient se diriger vers la périphérie, les magasins fermer. Hawa a servi un peu de riz à Jawad, ils ont mangé en silence. Milad lui a souri.

Et puis les autres sont arrivés, épuisés, mais avec plusieurs sacs de nourriture, des couvertures, des bières.

Après quelques heures, ils s'étaient tous endormis. Hawa était restée allongée à écouter les bruits de la nuit dans la jungle. Elle se demandait pourquoi les oiseaux nocturnes ne migraient pas.

Dans la nuit, Milad est venu près d'Hawa, et s'est blotti contre son dos. Il a pris ses pieds glacés dans ses mains pour les réchauffer. Elle s'est retournée, et ils se sont embrassés.

Ils ont continué leur vie tous ensemble pendant plusieurs semaines, ils grouillaient, s'agitaient sans cesse dans leur trou et au-dehors, où toute leur activité tournait autour du vol et du transport de leur butin jusqu'à leur abri, entre deux tentatives de monter à bord d'un camion pour Milad et sa bande. Ils avaient continué toute la première semaine à essayer de passer là où ils avaient payé les droits de parking, puis, après plusieurs échecs, ils étaient retournés près du tunnel, comme le voulait Hawa depuis le début. Ils étaient allés là où on fait monter les camions sur des navettes spéciales, pour glisser jusqu'en Angleterre.

Elle était pleine d'espoir mais là aussi ils avaient attendu des heures sans bouger dans la pluie et le froid le meilleur moment pour s'élancer à l'assaut d'un camion sans parvenir à monter. Une seule fois ils y sont arrivés mais ils se sont fait repérer très vite, par des silhouettes menaçantes qui n'ont eu qu'à s'avancer vers eux pour qu'ils consentent à descendre – il valait mieux le faire de gré que de force. Et chacun d'eux s'est dit qu'il avait essayé, et qu'il recommencerait, encore et encore.

Ils sont rentrés à l'abri, où Chef reposait sur le dos, son ventre bombé arborant sa supériorité de chef tandis que les autres s'activaient autour de lui, leurs pattes sans cesse agitées de mouvements.

Hawa a quitté le groupe et elle est allée au bord de la mer regarder la côte en face. Le ciel était gris. Les ferries glissaient, irréels, créatures maritimes distraites, indifférentes à son sort. Elle imaginait les passagers semblables à ceux que Milad avait rencontrés en Grèce, des vacanciers qui avaient tous les droits, y compris celui de voyager librement d'un endroit à l'autre du globe, juste parce qu'ils étaient nés dans un pays qui s'était enrichi au fil des siècles en faisant du commerce entre les continents – et parfois en les pillant. Depuis la fermeture de la jungle, il y avait encore plus de camions qui allaient vers les ferries, mais elle était un naufragé abandonné sur un radeau qu'on voyait couler. Dix millions de personnes voyageaient chaque année sur ces bateaux. Pas elle. Ses poings se serraient. Elle s'est recourbée sur elle-même pour qu'on ne voie pas qu'elle remuait la bouche, qu'elle s'était mise à parler toute seule, à chuchoter des mots saccadés.

Elle n'avait le droit à rien, et ne connaissait que l'échec. Peut-être cela durerait-il jusqu'à ce qu'elle disparaisse.

Les bateaux fantômes se sont évanouis dans le bleu brumeux du ciel et Hawa sentait la colère se mélanger à la douleur. Est-ce qu'ils n'avaient jamais connu la guerre, ici ? Est-ce qu'ils n'avaient jamais eu à se réfugier quelque part, ou à protéger quelqu'un ?

Ces bateaux étaient des mirages, et l'Angleterre aussi. Chacun avait son Angleterre, un rêve qu'il poursuivait en s'essoufflant au long de sa vie, mais cette illusion qui lui avait permis de tenir était en train de se dissiper sous les yeux d'Hawa. Elle s'est mise à rire, brusquement, puis elle a eu envie de pleurer, alors elle a cherché à se calmer. Elle venait de passer la fin de son enfance à courir après une promesse, et elle s'apercevait à présent que cette promesse avait été la vie elle-même, elle n'avait rien eu d'autre. Peu importait qu'elle ait eu pour nom Angleterre, Norvège ou Canada, ou qu'elle soit même une île inventée par un milliardaire égyptien. Le nom changeait, mais il ne désignait rien. La jungle vidée de ses habitants ne faisait que lui crier cette vérité : il n'y avait pas de promesse, seulement la vie, nue.

La nuit Elira prenait de la colle avec les Égyptiens, dans des sacs en plastique qui ressemblaient à des méduses plaquées sur son visage. Le feu, la colle, le shit et l'alcool étaient leurs seuls alliés pour parvenir à supporter la vie aux abords de la jungle, les genoux boueux et les mains blessées, les hululements des sirènes qui les poussaient soudainement vers le trou puant la mort, le froid qui grandissait de jour en jour. Autant sous l'autorité de Milad ils se soutenaient, même si c'était en se traitant de pute et en se battant à l'occasion, autant depuis que Chef avait pris la direction du groupe chacun ne pensait plus qu'à lui, au risque de trahir les autres. Seul Milad restait lié à Hawa, et à Jawad. Le jour où ils s'étaient embrassés en pleine lumière pour la première fois, ils s'étaient promis d'y arriver ensemble, et il lui avait dit qu'ils ne seraient jamais des rats. Il pensait à un homme qu'ils avaient croisé et qui avait dit à sa femme, en les montrant du doigt d'un air dégoûté : ces enfants-là sont comme des rats, et il avait répété « rats », « rats », bien fort, en les montrant du doigt, pour être bien sûr qu'ils comprennent. Elira avait dit à Hawa qu'ils se croyaient différents, cet homme et cette femme, mais qu'eux aussi, si on les voyait comme des rats, ils se transformeraient en rats. Comme tout le monde.

Milad ne pensait pas comme Elira. Il retrouvait Hawa quand il le pouvait face à la mer du Nord, et il continuait à croire à leur destin. Ils étaient les seuls à parler encore. Il parvenait à lui redonner l'énergie suffisante d'aller à la recherche d'un camion quand elle n'y croyait plus, il était son dernier recours contre la folie, et quand il posait sa main sur son cou elle n'avait pas non plus l'impression d'être un rat, ou alors un rat qui avait besoin d'un autre rat et qui se foutait de ce qu'il pouvait bien être.

Une nuit elle lui avait même dit qu'elle avait peur, qu'elle allait peut-être être punie d'avoir quitté son pays et sa famille sans avoir prévenu personne, et il l'avait bercée en disant que chacun sur cette terre avait le droit d'inventer sa vie, et que c'était au contraire insulter la nature que de refuser de grandir. Un homme, ça avait faim d'absolu, d'extraordinaire, de fantastique. Ça avait besoin de marcher, et ce n'était pas en construisant des murs, même surmontés de barbelés, qu'on l'empêcherait d'avancer.

Parfois elle rêvait qu'on l'enterrait vivante et que la boue remplissait sa bouche, elle criait et il la prenait dans ses bras.

Et parfois c'était lui qui hurlait dans un rêve et c'était elle qui le calmait pour que Jawad ne se réveille pas, ou fasse un cauchemar à son tour : quand il rêvait de l'Afghanistan parfois il se pissait dessus.

Un soir où le deuxième groupe de voleurs n'était pas encore rentré, Hawa était allée sur la plage face aux vagues, Milad était venu la retrouver et ils s'étaient embrassés, longuement, des heures durant, dehors, comme elle avait vu des adolescents le faire dans les rues de Calais. Elle s'était dit que la France, malgré tout, commençait à lui enseigner une autre manière de vivre. Jamais elle n'aurait fait cela en Éthiopie. Elle s'était abandonnée à ses lèvres douces, Milad était tendre, personne ne l'avait jamais été avec elle, il avait posé ses lèvres sur tout son visage, sur ses paupières. Elle avait un peu honte de ne pas être aussi propre qu'elle l'aurait voulu, et elle espérait que ses efforts désespérés pour que sa peau et sa bouche ne sentent pas trop mauvais la rendaient aussi attirante pour Milad qu'il l'était pour elle.

Le paysage qu'elle croyait connaître par cœur avait subtilement changé, et le ciel s'était teinté des couleurs de la mer. Dans ce monde à l'envers, elle était sereine et jeune, et son corps vivant ne semblait pas percevoir l'air froid qui lui donnait encore plus envie de sentir la chaleur de Milad contre son corps, ni les odeurs de peau qui trahissaient leur vie, ni même l'espoir encore déçu de traverser la mer toute proche, qu'elle ne pouvait plus apercevoir mais dont elle devinait, tout près, la présence éternelle et immense – son corps n'était plus que désir, et c'était, malgré toutes les fois précédentes, la première fois qu'elle avait fait l'amour.

Le lendemain, alors que tous étaient couchés et que seule Hawa, à son habitude, allait regarder les lueurs de la ville au loin, Milad était venu la rejoindre encore. Elle avait fait semblant de ne pas comprendre pourquoi il ne dormait pas lui non plus. Et puis c'était devenu une habitude : quand les autres ne faisaient plus attention à eux, ils se retrouvaient dans les dunes. La nuit, le plus souvent, mais parfois aussi le jour, quand seule l'équipe d'Hawa était rentrée. L'essentiel, c'était que Chef ne les voie pas.

Un de ces après-midi, alors qu'ils revenaient vers leur campement, ils ont deviné à la légère fébrilité qui s'emparait des garçons que quelque chose était arrivé. Coyote s'était redressé, la machette qui lui servait à couper le bois en main. Les jumeaux frémissaient d'une impatience nerveuse. Cheval jouait avec le feu.

Hawa a senti que l'ambiance dans le deuxième groupe était tendue. Tous se sont assis autour du feu sans dire un mot. Les jumeaux ont commencé à verser un peu de riz dans des assiettes en carton qui avaient déjà servi plusieurs fois. Ce serait Chef qui déciderait s'ils garderaient un peu de viande volée pour eux ou s'ils revendraient tout.

Hawa a regardé Milad du coin de l'œil, elle avait peur que Chef leur reproche quelque chose, elle savait qu'il n'attendait qu'une occasion pour virer Milad et être le seul à les commander.

Chef a dit d'un ton sans appel de ne pas donner de riz à Ali.

Sans rien dire, Coyote a tendu l'assiette à Cheval, qui l'a prise.

Chef a ajouté qu'Ali-le-Trouillard travaillait moins que les autres, alors Ali-le-Trouillard mangerait moins que les autres.

Ali a essayé de protester : il n'avait pas travaillé moins que les autres, il avait failli se faire prendre, c'était différent, mais les mâchoires de Chef s'étaient tendues et il avait répété d'un air dur qu'Ali avait failli se faire prendre et qu'il les avait tous mis en danger, alors il ne mangerait pas, et s'il ne travaillait pas mieux la prochaine fois il serait obligé de se séparer de lui. Il serait banni.

Jawad a pensé aux enfants corbeaux. Ali ne survivrait pas une nouvelle fois à la faim.

Chef a toisé Ali dont le menton tremblait : il savait que s'il pleurait ce serait encore pire, mais un sanglot montait dans sa gorge.

Elira a demandé à mi-voix à Ibrahim, qui se tenait tout à côté d'elle, ce qui s'était passé.

Ils étaient allés dans un magasin de sport, ce qui n'était pas prévu, ils croyaient qu'ils allaient voler de la nourriture, comme d'habitude, pour une première fois ce n'était pas facile, et Ali n'avait jamais fait ça. Chef leur avait demandé de voler des consoles de jeux électroniques, deux chacun, qui coûtaient très cher, il y avait des alarmes dessus, il fallait se dépêcher, Ali n'avait pas couru assez vite. Quand ils étaient sortis, ça avait sonné, Ali avait failli se faire arrêter par un gardien. Un peu plus et ils étaient tous pris.

Chef a demandé à Ibrahim d'un air sévère ce qu'il était en train de marmonner.

Ibrahim n'a rien répondu.

Chef a dit que s'il était dur avec Ali, c'était pour les protéger. Il ne pouvait pas accepter qu'un seul d'entre eux mette tout le groupe en danger. C'était ça, la vie en société. Il fallait des lois. Pour la sécurité de tous il fallait en punir quelques-uns, a dit Chef en ouvrant les bras devant l'évidence.

Hawa regardait Ali, habituellement débonnaire et gourmand, se replier dans une attitude soumise et sournoise, espérant un moment d'inattention de son nouveau chef pour voler un peu de riz ou grignoter un quignon de pain qu'il aurait gardé dans une poche de son sac. Et pour la première fois, elle s'est dit qu'il pourrait devenir non pas le gros homme jovial qu'elle avait toujours imaginé qu'il deviendrait en Angleterre, mais un individu méfiant et faux, gras et déloyal, une bête traquée qui se mettrait à mordre.

Milad a interrompu ses pensées, et il a dit, en regardant Ali, que le soir même, ils allaient réussir à passer.

Dans la nuit froide, ils ont longé à nouveau la route de goudron qu'ils avaient prise des centaines de fois, en file indienne pour échapper aux camions qui les doublaient en hurlant. Hawa suivait le groupe, alors qu'elle avait toujours choisi de marcher devant. Elira avançait auprès d'elle, sans un mot, le regard vitreux, son visage creusé était moins beau depuis quelque temps, et elle en voulait à la nouvelle Hawa, celle qui lui était devenue étrangère et qui allait au bord de la mer avec quelqu'un d'autre qu'elle. Elle lui en voulait et elle ne croyait plus à rien. Ali n'écoutait plus personne, il ne pensait qu'à son ventre vide, posant un pied devant l'autre sans réfléchir. À un moment elle l'a vu grignoter quelque chose et elle n'en était pas sûre mais elle a eu l'impression que c'était un marron cru.

Ils étaient six solitudes. Aucun d'eux n'atteindrait peut-être jamais les côtes de l'Angleterre mais tous y allaient d'un pas tellement décidé qu'elle les aimait pour ça. Même Jawad ne croyait plus complètement

Milad quand il disait avec assurance qu'ils auraient de la chance ce soir-là, lui qui semblait si petit au milieu du groupe. Ils ont marché longtemps, perdus dans leurs pensées ou bercés par le bruit de leurs pas sur la route, croisant parfois d'autres ombres qui se dirigeaient vers le même endroit qu'eux. Un avion a déchiré le ciel.

Après avoir rabattu leur capuche sur leur tête, ils se sont rapprochés d'un premier grillage, dans la lumière orange des réverbères. Le fer bâillait à la manière d'un monstre dont d'autres auraient déjà ouvert la gueule. Milad a attaqué la clôture, puis il a cédé la place à Ibrahim, et chacun des autres est passé, jusqu'au dernier. Ils ont trotté à petits pas de rat dans la zone fantôme, à travers les mauvaises herbes qui amortissaient leurs pas. Les voitures à gyrophare bleu passaient régulièrement au loin, alors ils s'arrêtaient immédiatement et restaient figés, se confondant avec le paysage, priant pour que les silhouettes noires dans les voitures ne s'aperçoivent pas de leur présence.

Ils ont traversé les premières voies de chemin de fer et sont arrivés à ce qui ressemblait à un parking pour les trains. Hawa voyait une locomotive de tout près pour la première fois. Ils ont longé les trains de marchandises, tellement longs qu'ils allaient jusqu'à l'Angleterre, au bout des rails. Une voiture de police faisait tourner ses lumières bleues, alors ils sont rentrés sous un wagon. En chuchotant, Milad leur a ordonné de courir.

Il fallait courir courbé en deux parce que si les policiers les voyaient et les attrapaient ils allaient les asperger de gaz lacrymogènes. Un des hommes qui tenait un restaurant dans la jungle avait été brûlé au troisième degré parce que la bombe avait été vaporisée trop près de son visage. À nouveau, Milad a plongé sous un wagon, et ils se sont cachés avec lui. Au loin, Hawa a vu les lumières qu'elle aimait regarder quand le soleil n'était plus qu'une lueur à l'horizon : c'étaient les fenêtres des trains à grande vitesse juste avant qu'ils ne disparaissent dans le tunnel sous la Manche. Ils couraient à nouveau, traversaient d'autres voies, passaient à travers un autre trou dans un autre grillage. Elle savait qu'il y avait au moins quatre barrières à franchir successivement, chacune séparée des autres par une frange de désert. Ils sautaient par-dessus les barbelés. Hawa était suspendue au-dessus d'une grille, son blouson s'était accroché dans le barbelé, quand elle a entendu des cris.

Des chiens hurlaient, des policiers aboyaient, des talkies crachotaient des ordres et des positions. Des lampes-torches se rapprochaient. Hawa a paniqué, elle a déchiré son blouson pour redescendre du bon côté, elle a senti la peau de ses mains se lacérer au passage sur les lames qui couronnaient le grillage, et elle a couru vers la troisième barrière.

Un train est passé au ralenti avec un bruit électronique en pointillé aigu, il fallait sauter à nouveau. Ibrahim était à quelques mètres d'elle, dans la même position. Mais la dernière barrière était très haute, trois mètres peut-être. Le train arrivait. Milad a couru devant eux, il a pris de l'élan et il a sauté, mais il est tombé, il a repris de l'élan, Ibrahim s'est alors avancé à son tour, mais au même moment la meute de silhouettes en noir est arrivée derrière eux et on a entendu un sifflement, qui s'est fini en explosion assourdie. Des étincelles ont jailli dans la nuit et libéré les odeurs acides des gaz lacrymogènes. Un des hommes a attrapé la jambe de Milad qui a lâché prise, il est tombé en hurlant de douleur, alors Jawad, Elira, Ali, Hawa se sont fait capturer à leur tour. Les policiers les poussaient devant eux, leurs mains crochant le col de leur veste, des chatons tenus par la peau du cou.

Ibrahim était passé.

Ils n'étaient plus que cinq.

Dans la voiture de police qui les emmenait, les hommes en noir discutaient en français et Hawa ne comprenait que quelques mots dans ce qu'ils disaient. Ils ont désigné Jawad et celui qui était près du conducteur s'est retourné vers eux. Elle a croisé le regard de Milad. Ils disaient que tous étaient majeurs à part peut-être Ali avec son semblant de moustache et peut-être la fille, le conducteur la regardait dans le rétroviseur. Ils ne voulaient pas s'embarrasser d'eux. Ils parlaient de les relâcher, peut-être avant le matin, mais ils voulaient garder Jawad dont l'âge ne faisait pas de doute. Le petit semblait lui aussi comprendre que son sort était en train d'être décidé et il s'accrochait à la jambe de son frère. La voiture filait toutes sirènes dehors.

Au commissariat de police ils les ont mis dans une pièce à part.

Après quelques heures d'attente où ils s'étaient tous plus ou moins assoupis, bercés par la chaleur égale, un policier est revenu accompagné d'un interprète et Jawad a été emmené. Milad a hurlé pour y aller aussi et un homme est finalement venu le chercher. Ils ont disparu tous les deux, emmenés par les policiers.

Il ne savait pas encore ce qu'ils allaient faire de son frère mais il sentait qu'ils allaient bientôt être séparés et qu'il allait devoir partir et l'abandonner, ce qu'il avait réussi à éviter au cours des longs mois de périple à travers l'Afghanistan, l'Iran, la Turquie, la Méditerranée, la Grèce, l'Italie, au fil des milliers de kilomètres où son optimisme infatigable

les avait toujours sauvés et qui allait peut-être s'éva-
nouir pour de bon ici, à Calais. Le voyage avait été
épuisant et terrible, mais ils avaient toujours un but,
celui de rester ensemble et d'arriver en Angleterre,
et s'ils étaient à présent séparés en France et que
Jawad était enfermé quelque part, alors tout ce
voyage avait été fait pour rien, et tout lui semblait
absurde et sans espoir.

Jawad ne savait pas non plus ce qu'ils allaient
faire de lui mais il avait l'air fatigué, et il suivait sans
réagir ce qu'on lui disait de faire, bravement, regardant par moments le visage de son frère pour s'assu-
rer qu'il faisait bien ce qu'il fallait.

Le policier a parlé, et l'interprète a traduit. Jawad
allait être emmené dans un centre pour les enfants.
Ils ont demandé à Milad s'ils avaient de la famille
en Angleterre et Milad a répété une fois encore
qu'ils n'en avaient pas mais qu'il parlait anglais et
connaissait des amis là-bas, alors qu'en France il
ne connaissait personne et qu'on ne voulait pas de
lui. Milad a expliqué qu'il avait seize ans mais que
les analyses de ses poils, de son sexe et de ses os
avaient fait dire aux autorités françaises qu'il avait
peut-être plus de dix-huit ans, alors que le médecin qui l'avait examiné lui avait dit lui-même qu'il
y avait une large marge d'erreur. Il avait été rejeté
de l'aide sociale à l'enfance. Alors il avait fait une
demande d'asile, puisqu'il en avait le droit à partir

de dix-huit ans, mais il avait reçu une réponse négative parce qu'il était mineur. Là, il avait arrêté les démarches, pour lui et pour son frère, parce qu'il avait l'impression d'être un animal qu'on cherche à rendre fou. Ce qui comptait vraiment pour eux, ce n'était pas d'avoir des papiers, c'était de rester ensemble. Il a expliqué tout cela lentement, dans sa langue, et quand l'homme traduisait, il en profitait pour regarder Jawad qui fixait l'interprète comme s'il comprenait le français. Il restait calme pour le petit, mais il savait que la partie était déjà perdue. Jawad a toussé, tout à coup, sans s'arrêter, et le policier a dit qu'il fallait le soigner, qu'il était trop petit pour vivre dans la rue. Milad a arrêté de discuter.

Jawad a donné à son frère le bout de chocolat qui restait. Milad a refusé, son frère le mangerait plus tard, mais le visage de Jawad s'est fermé de colère. Milad a mis le chocolat dans sa bouche. Son frère a regardé son visage pendant qu'il mangeait. Il a demandé s'ils allaient se revoir et Milad n'a rien répondu.

Au petit matin, quand les policiers ont libéré Hawa, Elira, Milad et Ali parce qu'ils savaient qu'ils ne pourraient rien en faire, Jawad a compris qu'il ne partirait pas avec eux. Il était terrifié. Il se raccrochait à son frère et se serrait contre sa taille. Son corps était si mince, il était si fragile, et pourtant les policiers ont été obligés de s'y mettre à plusieurs pour le séparer des autres, ils leur disaient que c'était pour son bien, mais Jawad ne les comprenait pas, et quand les autres ont commencé à se défendre ils ont dû devenir plus fermes, ils se sont mis à crier pour leur faire peur et à cogner pour leur faire lâcher prise, et finalement ils en sont venus à bout, ils ont réussi à garder Jawad à l'intérieur et à mettre les autres à la rue. Deux policiers le retenaient par les bras tandis qu'il hurlait le nom de son frère.

Ils sont revenus à leur point de départ, le trou dans la jungle. Ils n'étaient plus que quatre.

Les Égyptiens se levaient à peine et commençaient à faire le feu. Hawa craignait les remarques sarcastiques de Chef mais celui-ci n'a rien demandé, ils n'étaient plus du tout habitués à parler de toute façon. Ils marchaient, fonçaient, tournaient, se dispersaient, revenaient, faisaient le feu, rangeaient leurs affaires, se marchaient les uns sur les autres et c'est tout juste s'ils avaient remarqué que Jawad et Ibrahim n'étaient plus avec eux. Ils avaient arrêté de réfléchir et finalement ils étaient plus tranquilles comme ça, ils étaient vivants mais ne pensaient plus, tout entiers tournés vers la survie. Le vide avait tout envahi, même leurs têtes. Milad s'est assis sur ses talons, chauffant ses doigts et fixant les flammes, tendant ses mains vers elles, le visage enfoncé dans ses épaules pour qu'on ne fasse pas attention à lui, sa veste de cuir recouverte d'un vieux sac de couchage. Il était une ombre devant le feu. Elira avait recommencé à sniffer de la colle, affaissée sur sa couverture, le visage rouge, les doigts sanguinolents à force de se gratter. Hawa a tiré avec dégoût sur ses habits gris qu'il lui était impossible de laver, pour cacher le cercle sale à ses chevilles. Ils étaient devenus des vermines.

Chef n'avait aucune question à poser puisque ce qui lui importait était clair : il avait gagné, il était le seul chef de leur gang de cloportes. Et Milad ne serait plus jamais un obstacle parce que désormais, plus que jamais, il n'avait qu'un seul but : aller le plus rapidement possible en Angleterre, pour faire venir Jawad auprès de lui avant qu'il n'ait des papiers en France. C'était leur plàn, au cas où ils seraient séparés : ils devaient appeler leur mère en Afghanistan et rester en contact à travers elle, et Jawad devait dire aux autorités que Milad était en Angleterre, pour pouvoir le rejoindre par la voie officielle. C'était leur seule chance d'y arriver, sinon Jawad serait enregistré en France et ils seraient séparés à jamais. Milad se raccrochait à cette histoire qu'il avait répétée plusieurs fois avec son frère. Chef tarabustait Ali en lui lançant une pierre, puis une autre et encore une autre, à chaque fois qu'il se jetait sur le pain, mais Milad n'a pas semblé entendre ni voir ce qui se passait, et quand Ali s'est plaint de son genou, qui lui faisait de plus en plus mal depuis la nuit passée, il n'a rien dit non plus. C'était comme s'il n'arrivait plus à s'intéresser aux autres. Il était exténué, physiquement et moralement, et le froid l'engourdissait. Il a fermé les yeux, essayant de faire refluer le remords et les pensées anxieuses, et d'éviter de se demander ce qu'il aurait pu mieux faire pour échapper à ce qui leur arrivait. L'espoir qui s'affaiblissait peu à peu ne leur donnait plus l'énergie de faire autre chose que subsister. Il était un des arbres devenus squelettes qui entouraient leur nouveau territoire et ressemblaient à des doigts de vieillard. Hawa se sentait desséchée elle aussi, elle perdait ses cheveux, elle ne pissait presque plus et ne saignait plus tous les mois, cela lui évitait d'avoir à sortir de leur trou la nuit. Elle avait peur de dépérir jusqu'à ce qu'elle ne puisse même plus s'en apercevoir. Cela ne la grattait plus seulement entre les doigts, mais aussi sur les coudes, les fesses, les cuisses. Parfois elle n'avait pourtant même plus la force de se gratter. Ils n'étaient plus que survie, peur, et recroquevillement sur soi.

Hawa a persuadé Milad d'aller voir Chef et de lui demander de travailler avec les autres. On aurait dit que Chef n'attendait que ça, et il a fait mieux qu'accepter Milad dans sa bande : il lui a proposé un marché. Il y avait une possibilité dont il ne leur avait pas parlé jusque-là, parce qu'il pensait que Milad ne voulait pas de son aide, mais il allait faire un effort parce qu'il voyait qu'ils étaient désespérés.

Milad trouvait cela étrange, mais il n'avait plus la force de réfléchir. Les Égyptiens pouvaient les faire partir en voyage garanti à crédit. Ils partiraient tout de suite, sans attendre d'accumuler de l'argent, et ils rembourseraient leur dette une fois en Angleterre. Le voyage serait de sept mille cinq cents euros par personne, mais le passage se ferait à coup sûr. Ils enverraient l'argent par Western Union tous les mois, une fois là-bas. Tout était très organisé.

Hawa se méfiait de cette solution proposée par Chef, elle a demandé pourquoi il leur faisait confiance d'un coup, et comment il pouvait être sûr qu'ils paieraient.

Chef a dit qu'il ne faisait confiance à personne, mais qu'il savait qu'ils ne pourraient pas échapper à leur dette, parce que les passeurs sauraient à chaque instant où ils étaient, on les retrouverait partout dans le monde, s'ils ne payaient pas un jour on frapperait à leur porte, mais s'ils payaient, tout irait bien.

Ils n'ont pas réfléchi longtemps. Ils n'avaient pas d'autre solution que d'accepter. Ali avait le genou blessé, Milad devait passer au plus vite pour pouvoir être rejoint par son petit frère avant qu'il ne soit trop tard, Hawa et Elira, elles, n'en pouvaient plus des tentatives ratées et de la vie avec les Égyptiens, et elles étaient prêtes à tout pour franchir la mer et être enfin libres.

Chef a réuni sa troupe, il fallait aller travailler. Hawa était fatiguée, mais elle savait que si elle n'y allait pas elle ne pourrait pas manger, alors elle s'est mise debout. Ali a demandé à Chef de le mettre dans le groupe qui irait en ville parce qu'il voulait aller au bureau des médecins sans frontières. Il a montré son genou qui avait enflé. Chef a eu l'air ennuyé, il a réfléchi, puis il a levé la tête avec un air supérieur, comme s'il ne le croyait pas mais qu'il était assez bon pour le laisser dire. Il a décrété que la Hyène et Coyote resteraient garder le camp, les jumeaux et Cheval iraient au supermarché, et tout le reste de la troupe avec lui au centre-ville. Y compris Milad. Chef était triomphant.

Chacun a commencé à rassembler ses affaires en vue du départ, sans commenter la décision de Chef puisque c'était un ordre, pas une proposition. Elira a cependant demandé si Ali venait avec eux.

Ali l'a regardée en haussant le sourcil. Chef a lui aussi pris l'air étonné. Elira a alors ajouté qu'elle croyait que les fainéants ne venaient pas en ville.

Chef a éclaté de rire. Il lui a empoigné la nuque, avec un sourire de loup. Et il a dit à Ali qu'il avait plutôt intérêt à bien travailler, sinon, il n'aurait pas de repas le soir, il le savait. Il l'a traité de trouillard, de larve, pour la centième fois.

Ils sont partis sur l'autoroute, pour ce qui était déjà devenu une habitude. Hawa n'était pas mécontente d'échapper à la boue marronnasse qui recouvrait tout, bouts de bois, vêtements oubliés, boîtes de conserve, même si l'eau, elle, trempait toujours leurs pieds, leurs chaussettes ne séchaient jamais, ils étaient déjà transis de froid. Ali boitait. Elira avait le visage cireux. Milad traînait les pieds, mais il suivait. Ils étaient une drôle d'armée en haillons. Quand une voiture particulière arrivait, ils se cachaient parce qu'il pouvait toujours s'agir de brutes qui cherchaient des migrants pour les tabasser, ou de policiers des frontières en civil.

Dans un parc, ils ont aperçu des gens comme eux assis sur un trottoir, gris des pieds à la tête, se reposant un peu avant de reprendre la route. Plus loin, ils ont remarqué deux petits garçons de huit ou neuf ans qui faisaient du vélo, leurs mères discutaient à côté. Et puis des vieilles dames qui portaient des filets à provisions et mangeaient des brioches, et un chien qui se faisait promener par son maître. Hawa était étonnée de les voir, elle avait presque oublié ces scènes de vie ordinaires. Ils étaient comme des revenants.

Chef a dit qu'ils allaient attaquer un magasin d'équipements pour la maison, qui était à trois rues de là.

Hawa lui a demandé comment il connaissait tout ça, s'il n'était pas là depuis longtemps. Chef a répondu qu'ils étaient renseignés.

Hawa a demandé par qui. Par d'autres Égyptiens, a dit Chef. Ceux qui les aideraient pour le voyage garanti.

Hawa commençait à comprendre. Elle a demandé d'où il les connaissait.

Chef était de plus en plus mal à l'aise. Milad s'est rapproché.

Chef s'est énervé. Il les connaissait, c'est tout. Ils étaient égyptiens, il leur faisait confiance. Mais il avait beau crier, cela n'impressionnait plus Hawa et Milad.

Milad a demandé comment il faisait pour leur parler. Ils étaient où ?

Chef a dit qu'ils savaient où les trouver, eux. À chaque moment, ils savaient où ils étaient. Il les connaissait depuis la jungle. Ils étaient venus le trouver là-bas.

Milad a continué à marcher, sans rien dire. Hawa a demandé depuis quand les passeurs savaient que Milad et sa bande existaient. Chef s'est mis en colère, il lui a dit d'arrêter de poser des questions et de se taire. Cheval s'est rapproché, menaçant, et les jumeaux étaient prêts à intervenir. Hawa a insisté, les Égyptiens les avaient repérés, c'était eux qui avaient dit à Chef de venir les voir. Ils n'étaient pas seulement venus pour squatter le trou, ils avaient été prévenus que leur groupe risquait de revenir. Chef a admis d'un ton sec que le but, c'était aussi d'agrandir sa bande.

Milad a compris qu'ils s'étaient fait avoir.

Tout était prévu depuis le début : Chef avait pour charge de recruter du monde, pour avoir plus de voleurs sous la main mais aussi pour acheter des voyages garantis vers l'Angleterre. Ce n'était pas un hasard s'il les avait trouvés, il était venu exprès jusqu'au trou. À sept mille cinq cents euros le passage par personne, même s'ils obtenaient une réduction, les passeurs empocheraient au moins vingt mille euros de bénéfices rien qu'avec eux quatre. Sans compter l'argent accumulé par ce qu'ils rapportaient chaque jour.

Hawa avait la rage. Cet après-midi-là, alors qu'elle fourrait les rasoirs et les brosses à dents électriques dans le sac que Chef lui avait fourni, elle regardait ses gestes comme si ses mains étaient celles d'une autre personne, elle avait un voile devant les yeux et ne savait plus si elle ressemblait à la fille qui vivait, il y a des siècles de cela, en Éthiopie. Milad ne ressemblait déjà plus à celui qu'elle avait connu quelques semaines auparavant, et Ali, qui grimaçait de douleur à chaque pas, ne riait plus que pour se moquer des autres tandis qu'Elira cherchait à acheter les faveurs de son nouveau chef. Ni l'un ni l'autre n'étaient plus les enfants qu'ils avaient été, seulement leurs ombres. Quant à Jawad, quel adulte deviendrait-il ? Quelles images occuperaient sa tête ?

Pendant qu'Ali allait consulter l'avis des Médecins sans frontières, Chef et ses hommes montaient la garde. Chef avait été direct : si Ali disait quoi que ce soit sur eux aux docteurs, il serait puni par sa bande, ici ou ailleurs, les menaces avaient été claires, Ali avait juré qu'il ne dirait rien. Quant à Milad, qui avait demandé à l'accompagner, espérant sans doute revoir un des médecins de la jungle et peut-être demander de l'aide, Chef lui avait simplement interdit d'approcher le local médical. À présent Hawa savait qu'il ne les protégeait pas, il s'assurait qu'ils n'échapperaient plus aux passeurs. Son voyage, depuis l'aube où elle avait quitté la maison de son père pour aller rejoindre la femme de la téléboutique jusqu'à ce trottoir de Calais où le regard de Chef ou de ses hommes ne la lâchait jamais longtemps, lui a semblé être une longue chaîne d'esclavages successifs.

Milad a eu le droit d'aller téléphoner depuis un cybercafé, accompagné par les jumeaux. De loin, on aurait pu croire qu'ils étaient amis. Il fallait qu'il prévienne sa mère que Jawad et lui étaient séparés, et qu'elle dise à Jawad de déclarer aux autorités françaises qu'il avait un frère installé en Angleterre – même si ce n'était pas encore vrai, il allait se débrouiller pour passer au plus vite la frontière, et Jawad serait envoyé par la voie officielle pour le rejoindre là-bas. Peut-être cette arrestation était-elle une chance, au fond.

Il a composé le numéro de téléphone, le cœur tapant entre ses côtes. À côté de lui, trois garçons de son âge jouaient à un jeu vidéo en réseau où il s'agissait de traverser des décors exotiques pour débusquer des ennemis. Ils sursautaient de peur et riaient de surprendre les autres dans leurs cachettes virtuelles.

Il n'avait pas appelé sa mère depuis leur départ d'Iran. Elle saurait que s'il appelait, c'était qu'il s'était passé quelque chose de grave. Tandis que les sonneries se succédaient sans que personne réponde, assourdies par les kilomètres parcourus, il se souvenait de Jawad lui demandant s'il était vrai que les voix voyageaient par les satellites. Ses yeux se sont embués en pensant à toutes les questions de son frère auxquelles il n'avait pas su répondre. Les questions qu'il posait étaient anciennes, elles étaient celles de tous les enfants du monde et de moins en moins d'adultes étaient en mesure d'y répondre. Ils étaient trop occupés à survivre.

Alors il a entendu un déclic, et un silence voilé d'une respiration qu'il aurait su reconnaître parmi des milliers. Il a cherché à calmer son souffle, mais l'émotion est montée dans sa gorge. De part et d'autre du monde, sa respiration et celle de sa mère se ressemblaient et se rejoignaient dans une même émotion qui empêche de parler.

S'il le revoyait un jour, il pourrait dire à Jawad que les voix voyageaient bien par les satellites et qu'on pouvait même y entendre, à travers la neige, le vent, la pluie, les larmes qu'on retenait dans sa poitrine.

En rentrant au camp, Hawa a aperçu de loin une voiture et un minibus qui les attendaient près du trou. Ils se sont arrêtés net, pensant que la police était venue les arrêter, mais Chef leur a fait signe de continuer : c'étaient les passeurs.

Cinq adultes attendaient près de la grosse berline aux vitres teintées. Hawa a remarqué que la voiture était immatriculée en Angleterre. Les hommes la regardaient avec insistance, puis ils ont échangé en arabe à propos d'Elira. Ils ont ri, mais Chef n'a pas réagi, ce qui a semblé étrange à Hawa. La lumière était éblouissante sous les nuages blancs.

Milad a essayé de se grandir. Les présentations ont été rapides. Les passeurs ont dit qu'ils pouvaient essayer le voyage garanti le soir même. Hawa s'est dit qu'une fois de plus Chef avait un coup d'avance sur eux.

Un des hommes a prononcé plusieurs fois le mot «garantie», en anglais au milieu de l'arabe. Ses canines étaient pointues, mais ça lui donnait un charme étrange. Chef a répondu brièvement, et cela n'a pas échappé à Hawa qu'il avait jeté un coup d'œil vers Elira et elle. Elle a demandé, inquiète, s'ils réclamaient de l'argent, un acompte.

Les hommes l'ont ignorée, leurs regards la traversaient comme un fantôme. Chef a rongé les petites peaux qui recouvraient ses empreintes digitales. Puis il s'est allumé une cigarette, sans répondre. Autour d'eux, l'eau avait dessiné des flaques dans toute la plaine. Un des chefs essuyait ses chaussures sur un monticule d'herbes miraculeusement émergé. Ses mains étaient bizarres, poilues et ramassées, rognées. Chef a expliqué que la Skoda ouvrirait la route, la fourgonnette la suivrait. Ils rouleraient jusqu'à un port dont le nom commençait par Oui, et là ils monteraient sur un ferry pour l'Angleterre.

Ils se sont dirigés vers le trou pour rassembler leurs affaires. L'ambiance était lourde, le silence envahissant. Les nuages lumineux couraient dans le ciel dans une fuite impossible. Hawa a vu les mains d'Elira bleuies par le froid et elle s'est dit qu'elle ne ressentait plus l'hiver aussi cruellement, ces derniers jours. Les avant-bras de Chef, eux, étaient striés de longues cicatrices verticales dont il n'avait jamais vraiment expliqué l'origine. Ali avait un drôle d'étui en plastique sur sa jambe, les médecins avaient dit qu'il avait une entorse du genou. Elle aurait voulu que Jawad soit là, parce qu'elle avait besoin de sa jeunesse, de sa naïveté – à ce moment-là, elle sentait bien que quelque chose ne tournait pas rond, et elle aurait voulu mettre cela sur le compte d'une méfiance développée à force de prendre des coups.

Ils sont descendus dans le trou faire leurs sacs et Chef n'a rien dit. Ils étaient tous tellement vidés qu'ils n'ont pas pensé à poser plus de questions. Milad a trié les affaires de Jawad qu'il voulait emporter, et après avoir hésité, il a pris l'éléphant trouvé dans la jungle.

Ce n'est qu'au moment de monter dans les véhicules qu'ils ont commencé à comprendre.

Quatre hommes s'étaient postés près de la porte coulissante du minibus et faisaient monter les Égyptiens en premier.

Puis un des hommes a dit à Elira qu'elle pouvait monter dans la voiture. Le temps qu'elle hésite et se retourne vers Hawa, un des Égyptiens avait sorti un couteau de sa poche. Milad a levé les bras en reculant. Ses yeux étaient écarquillés, blancs, ceux d'un cheval qui se cabre.

Hawa a hurlé. Elle est partie en courant à travers champs, elle sentait le vent dans son cou et l'odeur aigre de la boue qui retenait ses pieds et ralentissait ses pas, ses poumons la brûlaient et les arbres noirs alentour étaient indifférents à son sort, comme les nuages, les vagues, les camions et le reste du monde. Elira l'avait suivie, mais les hommes étaient déjà après elles, Hawa courait mais la distance entre elle et les hommes se réduisait, ils étaient plus rapides qu'elle et elle ne savait pas où aller. Ils se sont abattus sur Elira comme s'ils s'attendaient à devoir le faire, et leurs bras et leurs pieds s'acharnaient au hasard sur son corps et son visage tandis qu'elle a lancé une ruade dans les lèvres d'un des hommes, un homme a réussi à attraper Hawa aux jambes et à la faire tomber, elle s'est défendue à coups de griffes et de dents mais l'homme était plus fort qu'elle. Elira a essayé de se relever mais Chef lui a lancé un coup de pied dans la poitrine, et elle est retombée. Un des passeurs s'était déjà emparé d'elle et la cognait de ses poings, de ses pieds, dans la tête, dans les reins.

Ali était allongé par terre, il ne bougeait presque plus, il avait des spasmes aux jambes et gémissait sous les coups redoublés d'un des jumeaux. Hawa a entendu Milad qui criait, tandis qu'elle cherchait à se dégager des pognes de l'homme, elle a compris qu'il prenait des coups à son tour mais qu'il en donnait aussi, sa canne s'est cassée en deux sur la joue d'un homme qui s'est mis à hurler en se tenant le visage qui saignait, l'homme qui la tenait a relâché son attention et elle en a profité pour se cabrer et l'éjecter, elle lui a donné un coup de genou puis un autre dans le visage et elle est repartie en courant vers les poubelles près des barrières de la jungle.

Elle a réussi à se cacher dans un carré en bois qui contenait de grandes poubelles et des bacs de déchets, en espérant qu'ils ne l'aient pas vue. L'odeur était pestilentielle, et elle n'osait pas penser à ce que pouvaient être les matières gluantes dans lesquelles elle était enterrée jusqu'à la taille, cherchant à s'y enfoncer encore malgré la nausée.

Elle entendait les cris au loin, les coups, elle imaginait Elira recroquevillée sur elle-même et elle entendait ses cris de terreur tandis qu'un homme la traînait dans la terre détrempée. Il l'emmenait vers la voiture. Hawa se mordait le poing, Elira avait eu raison de ne plus croire en elle, elle était incapable de bouger pour aller la défendre. Les mouettes criaient comme le fou de la jungle.

C'est alors qu'elle l'a vu. Face à elle, un rat. Son pelage gris foncé était collé, visqueux, et tout son corps était tendu vers elle, mais prêt à fuir en cas de besoin. Il la fixait de ses yeux globuleux et luisants. Elle le regardait et le suppliait en silence de ne pas l'attaquer ou la mordre, qu'elle ne soit pas obligée de crier. Il était en quête de viande ou autre chose à manger. Un jeune rat dégueulasse, qui se nourrissait dans les détritus. Dehors il pleuvait encore, et l'eau parvenait à passer à travers le bois, les ordures dégoulinaient.

Il attendait. Elle se tenait le plus immobile possible. L'espace entre ses doigts la grattait mais elle ne voulait pas bouger pour ne pas effrayer le rat et risquer qu'il l'attaque. Il était gros, avec une queue longue comme l'avant-bras d'Hawa et son nez se tendait vers elle.

Il avait l'air aussi terrifié qu'elle.

Hawa fixait le rat et le rat la fixait aussi. Elle regardait ses yeux pour savoir s'il lui ferait du mal et il faisait la même chose qu'elle tandis que le vent soufflait autour des planches qui les abritaient et que la pluie recommençait à tomber. Elle ne respirait plus.

Ils se regardaient.

Tout ne tenait qu'à un fil : la peur qu'ils avaient l'un de l'autre.

Les appels à l'aide d'Elira se sont éteints peu à peu sous les coups.

Hawa ne pouvait plus bouger.

Le rat a fait demi-tour d'un coup, brusque, et il a filé dans les immondices.

Il y a eu d'autres hurlements, des coups, puis un cri en arabe.

Les portes ont claqué. Les voitures sont parties.

Quand elle n'a plus entendu les moteurs, Hawa est sortie de sa cache, et elle a rejoint les autres.

Ils n'étaient plus que trois.

Milad, Ali et Hawa sont restés seuls dans le paysage blême tandis que les voitures disparaissaient. Hawa tremblait. Ses vêtements étaient couverts de saletés et de boue. Son visage était gonflé, ses lèvres fendues, elle avait un goût de sang dans la bouche. Elle voyait ses mains s'agiter sans parvenir à les arrêter. Elle voulait ne plus se souvenir de rien et rester mourir dans la boue. Milad l'a prise par les épaules en la serrant, et il a essayé d'arrêter ses tremblements parce qu'il savait qu'elle avait besoin de lui, il avait peur de la perdre et il se disait, heureusement que Jawad n'était pas là pour voir ça, il lui a embrassé les cheveux. Ali s'est rapproché d'eux, couvert de boue lui aussi. Milad avait perdu une chaussure, et du sang coulait de son pied. Ils sont restés longtemps à regarder vers la route, jusqu'au moment où ils se sont sentis suffisamment en sécurité pour s'écrouler sur le sol. Ils n'avaient pas la force de pleurer. Le ciel n'était plus un horizon possible, seulement une membrane qui cherchait à les étouffer.

Ali a dit qu'en plus il ne supportait plus ces putains de mouettes, il avait l'impression qu'elles se foutaient d'eux en permanence.

Ils étaient tous les trois dans l'abri, assis sur leurs sacs. Ils avaient tout perdu. Une pluie piquante les narguait au-dehors. On aurait dit que l'herbe ne pousserait plus jamais sous la boue. Milad comprenait que ce qu'il avait espéré en venant en Europe n'existait plus. Aucune Angleterre n'existait plus nulle part. Il n'y avait plus nulle part où aller.

Ils auraient dû s'en douter, que Chef allait leur faire un coup tordu. Milad leur en voulait, il avait essayé de les prévenir mais personne ne l'avait écouté. Même Hawa, il a dit, plein de reproches.

Hawa l'a regardé, impuissante, et elle a balbutié, ils avaient cherché à survivre, ils n'avaient plus de forces. C'était la jungle.

Ali triturait une pierre. Et si les passeurs les retrouvaient ?

Milad a dit, même s'il n'en était pas sûr, que maintenant qu'ils avaient Elira à vendre, ils les laisseraient sans doute tranquilles. Ils trouveraient d'autres garçons et d'autres filles comme eux. Ils étaient des milliers comme ça. Tant que les trafiquants pakistanais, les policiers libyens, les mafieux italiens, les esclavagistes albanais existeraient, ça ne risquait pas de s'arrêter. Tant que la peur irradierait le monde, les hommes ne seraient plus des hommes.

Il a fouillé dans le sac d'Elira et y a pris une paire de baskets, qu'il a mise en repliant l'arrière sous ses talons. Elles étaient un peu petites, mais il valait mieux ça qu'un pied nu. Ses orteils sanguinolents se recroquevillaient dans la chaussure. Il fallait continuer. Il fallait avoir la force de sauter dans un camion. Il fallait vaincre le froid et ne pas tomber malade. Repartir à l'assaut des camions. Recommencer, même si cela ne servait à rien. Savoir que cela n'aboutirait peut-être pas mais continuer malgré tout. Il a écouté la mer qui ne lui était d'aucun secours. Il a regardé le soleil qui peinait à percer les nuages. Il avait envie de pleurer de découragement. Il avait envie de demander de l'aide, mais à qui ? Pourquoi personne ne venait à leur secours ?

Hawa a dit qu'ils devraient aller en ville. Il y aurait peut-être des gens pour les aider. Elle revoyait la silhouette fine de la fille de l'association. Les bénévoles, ils avaient toujours été là, il fallait les retrouver. Ils ne se feraient pas forcément prendre en allant en ville. Il fallait essayer. Ils retrouveraient peut-être quelqu'un.

Milad a dit peut-être.

Hawa a chuchoté qu'il fallait encore essayer les camions. S'ils arrivaient en Angleterre, tout cela aurait servi à quelque chose, et tout ce qu'ils avaient vécu appartiendrait au passé. S'ils y parvenaient, tout prenait sens. S'ils abandonnaient, leur vie entière n'aurait aucun sens.

Milad a dit qu'ils devaient peut-être se rendre. Ils auraient une possibilité de rester ensemble. Il voulait revoir son frère, et vivre avec Hawa.

Elle s'est mise en colère. Il savait bien que sa seule chance de revoir Jawad, c'était d'aller en Angleterre.

Milad a répondu qu'ils n'y arrivaient pas. Il avait fait prendre des risques à son frère, et maintenant c'était eux qui risquaient leur vie, il avait été idiot, et il leur demandait pardon.

Ali ne parlait plus.

Milad a dit que tôt ou tard, d'autres passeurs les attraperaient. Ils la violeraient, ou ils violeraient Ali, ils les battraient. Ou alors ils seraient arrêtés par la police, enfermés, séparés, expulsés. Est-ce que c'était ce qu'elle voulait ?

Ali la regardait.

Hawa voulait l'Angleterre, quoi que cela représente. Ils étaient libres de la suivre.

Alors Ali a raconté d'une voix blanche qu'il avait été séparé de ses parents pendant la traversée en mer, juste avant la Grèce. Ils étaient sur deux bateaux différents. Il ne les avait jamais revus. Il espérait les retrouver en Angleterre.

Il s'était levé, et Hawa et Milad l'avaient suivi.

Ils ne voulaient pas retourner voir les Albanais du parking, ni les Somaliens qui leur faisaient la guerre. Ils avaient déjà essayé le port des dizaines de fois sans jamais parvenir à monter dans un bateau. Ils avaient même essayé le tunnel. Il leur restait ce qu'ils appelaient le saut de l'ange.

Ils ont rassemblé leurs affaires, remis leurs chaussures pleines de boue, et ils ont repris la route, une fois encore. Leurs pieds tapaient le sol bitumé de la nationale en cadence, leurs sacs à dos contenaient tout ce qu'ils possédaient, plus les sacs de couchage d'Ibrahim et Elira. Les vêtements d'Ali lui semblaient plus fins qu'auparavant, et laissaient passer le froid jusqu'à sa peau, qui se dressait sous cette nouvelle agression. Ses muscles étaient tendus. Hawa lui a passé une couverture. Elle le regardait marcher malgré son genou blessé, en se disant qu'il était beaucoup plus courageux qu'ils ne le croyaient tous. Il grelottait sous sa couverture, et continuait d'avancer, raide. Milad, lui, marchait en tenant le col de sa veste d'une main. Il n'avait plus sa canne qui lui donnait des allures de seigneur. Il lui a pris la main, et à nouveau, Hawa s'est fait la réflexion que ces temps-ci, elle ne sentait curieusement plus le froid, et elle a doucement serré les doigts de Milad dans ses mains chaudes. C'était peut-être la boue qui faisait ça, elle avait l'impression qu'ils en étaient tellement imprégnés que si on lui coupait les veines ce serait de la boue, et pas du sang, qui en sortirait.

Ils ont vu quelque chose à l'horizon. Des silhouettes grises avançaient sur la route avec des bâtons. Milad s'est retourné vers Hawa, apeuré. Les autres approchaient à grands pas, leurs têtes penchant à gauche, à droite, scrutant les fossés, les talus, les taillis. Leurs pas faisaient du bruit, leurs mots étaient impossibles à comprendre. Vite, ils devaient se cacher, Ali est tombé, Milad l'a relevé, ils ont glissé à plat ventre vers le fossé, hors d'haleine, leur cœur martelant la poitrine, il a plongé en attrapant Ali pour le cacher et le rassurer en même temps. La boue était couleur cendre, l'eau, noire. Le vent frémissait dans les ronces.

Ils ont rampé pour pouvoir risquer un œil derrière le talus.

Les silhouettes grises avançaient, maigres et sombres à travers la brume, le froid, le vide.

Elles sont passées tout près. Elles empestaient la peur.

Ils ont marché longtemps, lentement, sur cette route qu'ils connaissaient par cœur, où chaque brin d'herbe, chaque fossé n'avait plus de secret pour eux. Dans cette désolation et ce silence ils n'étaient plus que trois. Rien ni personne n'était là pour les aider. Ils étaient seuls, et devaient survivre en ne comptant que sur eux-mêmes.

Ce désert avait des airs de vérité. Il était la vérité du monde.

La terre était toujours noire. Hawa avançait sur une route dont elle ne voyait pas la fin, elle ne savait pas si ce serait un virage, ou un cul-de-sac. Ils sont passés devant une croix, tombée dans un fossé. Sous un ciel uniformément gris, la pluie mouillait la route luisante. Les usines lâchaient leurs éternelles fumées vers les nuages.

Elle est passée devant un groupe de silhouettes grises qui ne l'ont pas regardée. Elle était une étrangère qu'ils ne voulaient pas voir. Ils avançaient tous du même pas. Ils ne se regardaient pas les uns les autres. Ils ne savaient plus parler.

Leurs maisons étaient fermées à double tour, et certains immeubles étaient gardés par des vigiles. Ils étaient chez eux comme en prison. Des caméras surveillaient leurs mouvements en permanence.

Et pourtant ils avaient toujours peur.

Elle a continué à marcher et elle s'est dit qu'elle était depuis si longtemps dans la jungle que le monde s'était peut-être transformé entre-temps sans qu'elle s'en aperçoive. Peut-être que toutes les autres villes étaient devenues comme celle-ci, et connaissaient la pluie, le gris, la peur.

Le monde entier était peut-être devenu un désert, ou le deviendrait.

Seuls les camions et les trains circuleraient librement, pour apporter à manger aux silhouettes grises.

Certaines silhouettes vivraient dans le luxe et l'opulence, mais on ne les verrait pas, on les devinerait derrière des fenêtres dorées, ou dans les avions qui dessinaient des traces blanches dans le ciel. Les autres travailleraient, dormiraient, marcheraient.

Tous auraient peur.

Elle comprenait que le monde entier était devenu déshumanisé et froid.

Elle avait cru que les moments les plus sombres de son histoire n'étaient que des instants isolés de malchance, mais elle comprenait que cela n'avait été que la préfiguration du siècle à venir. L'homme était banni du monde.

Elle n'y trouverait peut-être jamais d'endroit où vivre.

Mais elle avançait. Elle marchait.

Envers et contre tout.

Ils sont arrivés en vue du pont qui surplombait l'autoroute allant vers le nord. Les camions passaient en vrombissant, faisant trembler le sol. Ils se sont regardés.

Il fallait repérer un camion qui n'irait pas trop vite, et sauter sur son toit.

Hawa a dit que c'était risqué.

Ali a répondu qu'ils n'étaient pas des trouillards.

Ils ont cassé des branchages sur le dernier talus où il en restait, avant le pont, s'y mettant à deux pour faire céder le bois au plus bas, et avoir les branches les plus grandes. Ils ont découpé le grillage qui devait empêcher les gens comme eux de sauter. Ils ont attendu, longtemps, en regardant la route au loin. Certains camions arrivaient par le nord, tournaient en ralentissant au niveau de la rocade, puis prenaient l'autoroute. C'étaient ceux-là qu'il fallait viser. Selon le nom qu'ils portaient sur leurs flancs, on pouvait parfois deviner leur cargaison. Il ne s'agissait pas de prendre un camion qui repartirait dans l'autre sens, en Belgique par exemple. Il fallait deviner celui qui irait en Angleterre. Le vent soufflait, ils s'accrochaient à leurs capuches.

Milad a demandé s'ils avaient leurs couteaux.

Ils ont acquiescé.

Sitôt atterri sur le toit, ils devraient taillader la bâche, et ils se faufileraient à l'intérieur. Le trou devait être le plus petit possible, sinon ils se feraient repérer.

Ali a dit que ça devait être solide, une bâche de camion, ils n'y arriveraient jamais.

Hawa a répondu, le visage fermé, que d'autres avaient réussi à le faire et ils étaient en Angleterre.

Ni Milad ni Ali n'ont osé lui répondre que ceux dont ils n'avaient pas de nouvelles n'étaient pas forcément là-bas. Ils avaient besoin de la force d'Hawa pour pouvoir se jeter du haut de ce pont immense, avec sous eux les camions rugissants, l'écho sous le pont, les cris des klaxons, la route noire. Chacun d'eux avait une attitude différente face au plongeon qu'ils devaient faire : Milad regardait fixement la route, comme s'il priait pour que le bon camion survienne, celui qui serait son sésame pour l'Angleterre, tandis qu'Hawa observait le bal mécanique des camions sur la rocade et qu'Ali se tortillait sur place comme s'il avait envie de pisser.

Tout à coup Milad a montré deux camions identiques, la remorque marquée d'une croix orange et de mots en espagnol. Ceux-là, c'était sûr qu'ils allaient en Angleterre.

Ils ont lancé les branchages par-dessus le pont, et les feuilles ont tremblé en volant par-dessus la route avant de s'écrouler au sol. Hawa a pensé que son corps n'était pas fait pour ce paysage de fer et de béton. Ils ont hésité, quelques secondes. Le premier camion se rapprochait, il allait passer sous leurs pieds d'une minute à l'autre, il ralentissait devant les branches en lançant des coups de klaxon rageurs.

Milad a regardé Ali, puis Hawa, et il a sauté. Il a atterri sur le dos du camion qui a poursuivi sa route. Il s'est retourné vers Hawa, et il a levé la main vers elle un instant, avant de s'activer autour de la bâche de la remorque et de disparaître à l'intérieur du camion.

Ali a regardé Hawa, la panique dans le regard. Ils n'étaient plus que deux sur le pont.

Il a sauté.

Hawa, elle, n'a pas pu. Elle l'a regardé s'envoler.

Le deuxième camion a accéléré à ce moment-là.

Ali a réussi à atterrir sur l'arrière et à s'accrocher, mais il était sur le bord de la remorque et il n'arrivait pas à y monter, à cause de sa jambe raide. Hawa le voyait s'agiter comme un insecte.

Le camion a changé de file brusquement, en

klaxonnant sans s'arrêter, et Ali a été projeté sur le côté, les jambes suspendues au-dessus du vide.

Le camion a braqué vers la voie d'arrêt d'urgence, et Ali a été éjecté. Il s'est écrasé par terre.

Le camion ne s'est même pas arrêté, il est reparti à toute allure.

Hawa a hurlé, elle a couru pour contourner le pont et descendre sur la route.

Ali gisait à terre. Elle a couru vers lui.

Une voiture de police arrivait déjà.

Elle entendait son cœur taper dans sa poitrine, son corps humain.

Une femme médecin a écrit son nom sur une feuille de papier, et elle lui a demandé de raconter comment elle était arrivée en France. Elle lui a demandé si elle saignait chaque mois, et si elle avait déjà été avec des hommes. Ensuite, elle lui a demandé de s'allonger sur un lit et d'écarter ses jambes maigres, elle l'a auscultée avec des gants en latex blanc et a entré ses doigts en elle. Hawa avait honte parce que son sexe sentait mauvais et que la main de cette femme était entrée dans sa vulve. Elle regardait au-dehors, les iris fixés sur le ciel de plomb, sur les branches nues des arbres, et elle essayait de ne pas penser à ce que la femme faisait, ni à ce qu'elle allait lui dire.

Elle le savait déjà.

La femme parlait et Hawa regardait le ciel en essayant de ne pas comprendre ce qu'elle disait.

Dehors les nuages ressemblaient à des robes de mariée comme elle en avait vu au centre-ville de Calais, étirant leurs dentelles découpées sur le gris où ne volait plus aucun oiseau.

Il pleuvait, encore. Cette ville ne s'arrêtait jamais de pleurer. Tout à coup, elle s'est dit que l'Angleterre était encore plus au nord, et que si ça se trouve il y faisait encore plus froid. C'était la première fois qu'elle pensait au ciel là-bas. Des images de neige fondue, boueuse, et de rues glacées lui sont venues en tête sans qu'elle sache si elle les avait totalement inventées ou si elle les avait vues quelque part. Peut-être était-ce un mauvais présage, un de ceux auxquels Ibrahim croyait. Il y avait encore peu de temps, elle pensait que la neige était signe de richesse, et aujourd'hui elle savait que l'hiver ici n'était ni beau ni heureux, seulement froid et mouillé. Elle ne savait plus où aller, et elle était fatiguée de réfléchir. Son cerveau était devenu aveugle. Sa main, mécaniquement, caressait le continent de drap blanc sur lequel son corps se reposait. Ses habits étaient par terre, pleins de boue séchée, recroquevillés en forme de petit animal terrifié. Des mains gantées sont venues les enlever, tandis que d'autres mettaient à Hawa une chemise blanche qu'on attachait dans le dos et qui sentait bon.

La femme lui parlait tout bas, et Hawa a pensé à son père qui lui chuchotait des histoires dans la pièce aux murs chauds où elle dormait, petite. Elle a revu le ciel toujours bleu d'Afrique et sa lumière éblouissante, et les mouettes au-dehors ont crié avec la voix de sa mère, avec tes idées nouvelles, et la femme a côté d'elle a répété d'une voix douce, veloutée comme un sein, ce qu'elle essayait de lui faire comprendre, et le regard du père d'Hawa s'est posé à nouveau sur elle, plein de confiance. Les mots de la femme parvenaient à peine à ses oreilles. Elle comprenait tout à coup pourquoi elle n'avait plus jamais froid.

Elle n'était pas seule dans son corps amaigri, si maigre que personne, pas même elle, n'aurait pu se douter de ce qui y naissait.

Un petit corps avait grandi en elle malgré la faim, malgré la boue, malgré les chocs et l'impossible. Sans demander son avis à personne, en toute liberté. C'était une catastrophe. Elle n'arrivait déjà pas à se sauver elle-même, elle était incapable de s'occuper de quelqu'un d'autre. Elle s'est sentie plus seule que jamais.

Elle s'est dit que la vie d'un homme était dure, mais que la vie d'une femme était pire encore.

Alors elle s'est mise à espérer que ce soit un garçon.

Elle a trouvé la force de demander tout à coup où était Ali.

Votre ami est entre la vie et la mort, a dit le médecin. Heureusement, à treize ans, il a un corps solide.

À treize ans, son seul espoir avait été de sauter d'un pont et de s'écraser sur une route noire.

Ils ne savaient pas s'ils allaient réussir à le sauver.

Hawa a pensé que c'était une étrange manière de parler. Ali était entre la vie et la mort depuis si longtemps qu'il n'y avait rien de nouveau. La femme ne connaissait pas la capacité de résistance qu'ils avaient. Elle n'avait pas vu comme Ali était courageux dans sa couverture sur la route, ni quel saut de l'ange il avait réussi à faire. Elle a souri, Ali allait s'en sortir. Il suffisait de lui faire livrer une pizza turque.

La femme médecin lui a souri en retour, mais elle ne savait pas pourquoi.

Alors qu'elle s'endormait et que la lumière blanche devenait rouge derrière ses paupières, elle a continué à entendre les voix des femmes en blanc qui faisaient cliqueter des instruments et dont les semelles caoutchouteuses embrassaient légèrement le sol. Il lui a semblé qu'elles parlaient de baleines, et son attention s'est arrêtée un instant avant de glisser dans le sommeil, les images que les voix faisaient naître l'anesthésiaient. Dix baleines s'étaient échouées sur la plage de Calais, quatre étaient toujours vivantes, et les pompiers les avaient arrosées d'eau douce pour les maintenir en vie avant de les remettre à la mer. Leurs noires silhouettes brillaient sur le sable où Hawa aimait aller regarder les lumières tremblantes de la ville. C'était une famille, certaines étaient plus petites que les autres, mais toutes mesuraient plusieurs mètres de long. Elles s'étaient perdues au cours de leur voyage, ou leur chef était mort en mer et les autres l'avaient accompagné jusqu'au rivage. On ne savait pas.

Elle a rêvé à Milad, à ses yeux de nuit, à ses lèvres douces à embrasser, qui soulevaient ses pommettes quand il souriait. Il était dans le camion au dessin orange, caché parmi des marchandises venues d'Espagne, peut-être des clémentines, des vêtements, des mappemondes, des vélos, des pneus. Il monterait dans un bateau immense, semblable à ceux qu'ils aimaient regarder disparaître dans le ciel opaque. Il glisserait jusqu'en Angleterre. Jawad pourrait le rejoindre. Il avait eu raison d'y croire. Son rêve était à portée de main. C'était lui qui avait raison depuis le début. Il y était sûrement arrivé. En tout cas, il avait disparu lui aussi.

Ils avaient tous disparu de la jungle, comme prévu.

Il saurait peut-être qu'ils avaient fabriqué un autre enfant. Dès qu'elle pourrait, elle téléphonerait à Jawad au centre des jeunes de Saint-Omer. Avec un peu de chance, le petit au profil rassurant y serait encore. Il dirait la nouvelle à son frère.

Elle n'espérait pas que Milad reviendrait, c'était sans doute impossible.

Elle a pensé au cercle rouge sur la carte. C'était le lieu où elle les avait connus, Milad, Jawad, Ali, Ibrahim, Elira. Leur enfance était leur territoire commun, le seul pays qui leur appartenait. Elle a laissé retomber sa tête sur l'oreiller de plumes d'oiseau et s'est laissée rêver à l'enfance. Elle s'est vue présenter son bébé à son père, encore vivant, dans le pays où l'on n'arrive jamais.

Même dans la jungle, elle avait été une enfant, une adolescente, et personne n'avait jamais pu la priver complètement de sa liberté. Elle le dirait à son bébé.

Elle s'est endormie dans le silence blanc de l'hôpital, dans la nouvelle lumière et les odeurs propres, tandis que la femme parlait d'elle à d'autres dames en blanc.

Dans son corps elle vient de découvrir un continent entier, une nouvelle Amérique. Depuis que
la femme à la voix chuchotante lui a dit qu'elle
attendait une petite fille, et qu'elle lui a fait écouter son cœur, ce deuxième cœur qui bat en elle,
elle la sent bouger tout au fond de son ventre, dont
elle ne savait pas qu'il était si profond. Un coin
de ciel apparaît parfois entre les rideaux et Hawa
se persuade qu'elle entend la mer scintillante – sa
chambre est devenue un coquillage géant. Elle
revoit la plage qui borde le camp. Elle sait qu'elle
en est loin. Le petit être au creux de son corps est
déjà capable de miracle : il l'a sauvée de la jungle.
Et pourtant l'univers n'est plus gris, ni froid, il est
vert, bleu turquoise, jaune soleil, blanc éclatant. Des
palmiers sortent de terre, des perroquets couvrent
les arbres de fruits animés, les fougères arbores-
centes dégagent une odeur d'humus. La nature a
repris ses droits et pousse les pierres et les murs.
Dans sa blouse immaculée, elle sent sa peau humide

de sueur. Elle a perdu son enfance, mais elle est redevenue humaine. La femme médecin, le docteur Michelard, a établi que Hawa était mineure et enceinte, elle va être prise en charge par l'aide sociale à l'enfance. Elle boit de l'eau fraîche, qui lui semble plus propre que celle qu'elle a jamais bue jusque-là. Elle n'a jamais ressenti une aussi grande plénitude. Animale, donc humaine. Elle ne sera pas rayée de la carte. Elle se sent forte, à nouveau. Elle sait que dans ce monde, la peur fait parfois oublier aux hommes qu'ils sont des hommes – mais elle sait aussi qu'une fille peut le leur rappeler.

Elles vont vivre en France, toutes les deux. Elles vont grandir dans un monde où la peur n'a peut-être pas encore gagné. Hawa se souvient de son père, lorsqu'il lui apprenait le nom des pays d'Europe. Elle se souvient de sa mère, qui avait peur de tout, et lui donnait à manger dans sa main ramassée comme un bec. Elle se souvient de Milad, qui n'aime pas le mot impossible.

Elle a hâte de sentir la petite main d'enfant dans la sienne.

Sa fille sera française, et libre.

Le Livre de Poche s'engage pour
l'environnement en réduisant
l'empreinte carbone de ses livres.
Celle de cet exemplaire est de :
200 g éq. CO$_2$
Rendez-vous sur
www.livredepoche-durable.fr

PAPIER À BASE DE
FIBRES CERTIFIÉES

Composition réalisée par MAURY-IMPRIMEUR

Achevé d'imprimer en France par
CPI BRODARD & TAUPIN (72200 La Flèche)
en mai 2019
N° d'impression : 3034207
Dépôt légal 1re publication : juin 2019
LIBRAIRIE GÉNÉRALE FRANÇAISE
21, rue du Montparnasse – 75298 Paris Cedex 06